吹口哨的发动机

赵刚 著

中国书籍出版社

图书在版编目（CIP）数据

吹口哨的发动机 / 赵刚著 . — 北京：中国书籍出版社，2019.1
ISBN 978-7-5068-7090-0

Ⅰ . ①吹… Ⅱ . ①赵… Ⅲ . ①中篇小说—小说集—中国—当代②短篇小说—小说集—中国—当代 Ⅳ . ① I247.7

中国版本图书馆 CIP 数据核字（2018）第 252335 号

吹口哨的发动机

赵　刚著

图书策划	牛　超　崔付建
责任编辑	武　斌
责任印制	孙马飞　马　芝
出版发行	中国书籍出版社
地　　址	北京市丰台区三路居路 97 号（邮编：100073）
电　　话	（010）52257143（总编室）　（010）52257140（发行部）
电子邮箱	eo@chinabp.com.cn
经　　销	全国新华书店
印　　刷	三河市华东印刷有限公司
开　　本	650 毫米 ×940 毫米　1/16
字　　数	245 千字
印　　张	13.5
版　　次	2019 年 1 月第 1 版　2019 年 1 月第 1 次印刷
书　　号	ISBN 978-7-5068-7090-0
定　　价	45.00 元

版权所有　翻印必究

目录

紫　灯　/ 001
吹口哨的发动机　/ 036
等待戈多　/ 070
图兰的故乡　/ 114

目次

紫 灯

我要给大家讲一个关于汽车的故事。我希望大家不要在意这个故事是否真实,以及故事里的主人公究竟是我们当中的谁谁谁等问题。你们只须记住在这个世界上曾经出现过一辆紫颜色的小汽车,它为一个青年带来过一段非常的经历,而这一切不过是一个故事。好了,现在言归正传。与每一个传统的故事的结构一样,咱们也从头开始。

十七岁那年,由于一个偶然的机会,我进了一家工厂成了一名汽车修理工。我的职责就是将那些出了故障不能正常行驶的汽车修好,让它们重新回到大街和公路上去,带着某种速度,并在某个交通岗的一盏红灯前停留片刻,然后继续前进,带着某种速度,经过路程以及风景……

在一辆出了故障的汽车回到大街和公路上去之前的一段时间

里，我们这些修理工经历了怎样的一个单调、乏味、枯燥的工作阶段，恐怕是你们难以想象的。我们握着一把扳手，从车前爬到车尾，从车上钻到车下，好像要拧紧或松开世界上所有的螺丝。有时为了一点莫名其妙的小故障，你必须将整个车子拆散：车前脸放到一边，保险杠放到另一边，发动机放到一边，变速箱放到另一边，驾驶室放到一边，车厢板放到另一边，前桥放到一边，后桥放到另一边……接着再针对某一件进行具体的操作。

假如先确定发动机作为你的工作对象，那么你必须依次拆下马达、发电机、空气滤芯器、机油滤芯器、化油器、分电盘、汽油泵、风扇叶、水泵。然后再抬下缸盖，拆下油底壳、连杆瓦、活塞、机油泵、曲轴、曲轴瓦、凸轮轴、凸轮轴瓦，你还要将进气门、排气门、气门座、缸套……从发动机上一一拆卸下来，东一点西一点地散在地上，或者将它们相互之间毫无联系地堆在一起。一台机器的正常的运转速度和声音就此被打散和拆卸到了最低限度。

它们分裂、变异、脱离车身，回归到最初的某一个单独成立的零部件或某个螺丝螺母身上以及最原始的某种状态之中。此时唯有你能感觉到它那零碎的声音，唯有你能从那些零件里体会到一种已经残缺的速度。一辆汽车对公路的所有可能，这时已经被它的四只处于静止状态中的轮胎，跑散。

如果我的工作进行到这一步能够结束，那么我不仅不应该对此有任何的抱怨，似乎还应该对它产生兴趣并最终喜爱上这一份工作的。可问题是工作进行到这里不过是刚刚开始，接下去我要对所有的零部件进行清洗、检测，任何一个细小的零件和零件上任何一道

吹口哨的发动机

细微的痕迹都不能放过。这是一个极其乏味的工作过程，所有零件的好坏与否全需要你的手和眼睛予以判断。

在我的感觉中，那些形状奇怪的零件都介于好坏之间，我根本分不出它们之间的差别。但是因为汽车出了故障，所以肯定它们中间有损坏并拒绝被继续使用的零件，可是你却不能全将它们换成新的，因为这种代价等于买一辆新车，领导一般是不会同意的。

既然不能换一辆新车，那么接下去的工作便十分地棘手，常常一连数天我只能面对着那些零件发呆。我一会儿觉得它们全是好的，一会儿又觉得它们全像是坏的。就这么一天天地挨着，直到哪天领导催促得紧了，我再将这些零件按照拆卸的程序反着装配起来。

你还别说，有时候并不需要更换任何一个零件，汽车的故障在我的一番拆卸装配之间便消失得无影无踪了，这其中的原因我也说不大清楚。不过多数情况下，我这套独特的修理方法并不管用，有时候反而出现小故障被我修成了大毛病、正常的好车子被我修坏了的一类事情。而那些故障突然消失的汽车们在开出去不久往往又突然出现故障而返回来要求继续修理。所以经我修理过的汽车，返修率一直居高不下，这使得领导和驾驶员们对我深恶痛绝。

可我想说的是这些汽车呀、领导呀、包括司机都是让我难过的原因，我想，假如世界上没有了这几样东西，许多人将会生活得更幸福。

变化出在一辆紫颜色的小车身上。

我第一眼看见它时，就被那全身焕发出来的崭新的新意震住了，完全忽略了这是一辆什么型号的汽车，以及具备怎样先进的性能等概念。在我的眼中它是那么新,新得还没有被制造出来。

这辆车是被一个驾驶员开回来的。那个下午临近下班,我与其他几个修理工聚在一个自来水龙头前,用一小块肥皂轮流洗着十几双沾满油垢的手,一边洗一边嘻嘻哈哈地说笑。

这时一股风势从身后掠过,感觉中光线暗了一暗,等风势停止后我们听见了一种若有似无的声音,那是一辆正处于工作状态中的汽车发动机的声音,嗡嗡的,但是却像被悬挂在空中似的混迹于风和空气之外,难以被听力确定出它具体的方位。

凭经验我们可以肯定是汽车的声音,但不是我们熟悉的那些汽车所能发出的声音。

在这里我有必要交代一下。我所在的单位是一个专门生产建筑材料的企业,主要产品是水泥预制板、水泥桁条等。因此我们单位的汽车全是又笨又重的大货车,绝大部分是从东欧的另一个社会主义国家进口的,属柴油发动机型。一工作起来轰隆轰隆的,那架势跟坦克差不多,离十里远你也能听见那犹如山东人打嚏喷似的轰轰隆隆的声音。

此时出现在我们身后的却是一种嗡嗡的、似乎是被悬挂起来的声音,听起来仿佛远在十里之外。我们当中的一个人随意扭了一下头,回头正要继续我们之间的话题,又觉得不对,扭头再一看,一声惊叹:"啊——!"

大家被他的声音牵动,一起扭头,于是齐齐地惊叹了一声:"啊——!"

直到今天我也无法真切描绘出我当时的感受,别人是什么感觉我不管，我只知道自己扭头看见的已经不再是单纯意义上的汽车了，它超越了我头脑中固有的汽车概念。

我的眼睛被它身上的颜色迷惑。感觉中这辆汽车正在一片颜色里悄悄散开，形成一个一个的零件，然后从颜色下面失踪，只在原处为我们留下了单纯的紫色。仿佛具有生命似的，那一摊颜色相互汇集，犹如一片光芒被一盏灯照耀——一盏散发着夺目光芒的紫灯，它载着我驶出工厂，驶向城市，经过家门时还会被一只幸福的手摁响喇叭……

那天下午大家围着"紫灯"赞不绝口。将汽车开回来的司机孙猴儿一脸的得意，一向抠门儿的他居然掏出一包烟逐一散发，喜气洋洋地像个新郎官。当一个修理工伸出沾满肥皂沫的手忍不住摸了一下油光锃亮的车身时孙猴儿像被人摸了自己的新娘似的当场拉下了脸，"你手痒啊！"

那个修理工没料到作为一个驾驶员的孙猴儿竟敢以如此的态度对待他，一蹦老高地跺脚指着孙猴儿骂道："你狗日的算老几？老子又没摸你老婆！"

孙猴儿反唇相讥："手发痒就去找一个老婆回来，别尽在外面乱伸爪子！"

这个修理工是一个返城的老知青，四十出头了还未成婚，这也是他的一大心病。孙猴儿慌不择句，说出来的话恰恰地砸在了点子上。那个修理工一急，顺手操起一根手摇柄要砸孙猴儿，只被其他的人紧紧拽住了。另外一个老修理工便指责孙猴儿说："猴子，这是你不对。俗话说打人不打脸，这话你不该说！"

孙猴儿自知理亏，没再搭腔，执起衣袖擦起车身上的黑乎乎的手印来。

首先是我在工作中面临的窘境，随后是一辆紫颜色的进口轿车。在我没见到它之前，它曾经是另一个国家——可以肯定是一个资本主义国家的一堆钢铁和一大盆的油漆——紫颜色的。为了买回这堆钢铁和这一盆油漆，我们支付了三十多万元的人民币。

自从这辆轿车开进工厂，围绕它派生出了一系列问题，首先是轿车驾驶员的人选问题。

我们厂一共有三十多个驾驶员，大多数人开的都是那种又大又笨的大货车。这种车的性能、设施与那辆轿车根本无法同日而语。

冬天寒气逼人，一夜过来汽车的发动机、油箱、齿轮箱里的机油和齿轮油就会被冻住。驾驶员往往要提前一个小时进厂，用烘灯逐一将上冻的油烤热，化开，然后才能将汽车发动起来。到了夏天，驾驶室里便如一个大蒸笼，人在里面待的时间稍长一点，都有被烤熟的危险。

可如果驾驶的是新买来的那辆小轿车情况又会怎么样呢？天啦！驾驶员们私下想想都会发狂。

首先那辆轿车是汽油发动机型，车里带有冷暖空调装置，还有自动点烟器、烟灰缸、收放音响等各种装置设施，本身性能的先进程度更是超出了人们正常的想象范围。所以当驾驶员听说要从他们中间挑选一个人来开这辆车时，个个摩拳擦掌跃跃欲试，接下去便积极活动起来，有关系的找关系，没关系的送礼请客拉关系。他们

吹口哨的发动机

一边为自己评功摆好，一边拼命地诋毁别人，其内容不外乎是在工作态度、驾驶技术、生活作风等方面大做文章。

一番你争我夺之后，结果出来了。出乎大多数人的意料，千挑百选出来的人竟是一只猴子——孙猴子。这一结果连孙猴子自己也未曾料到，得到消息的当天便掏钱请了一次客，喜悦的心情溢于言表。

那天被请的人中只到了十来个，驾驶员一个都没到场，除了两个中层干部之外，其余是清一色的修理工，其中也包括我在内。孙猴子是抱着宁缺一村不丢一家的原则，否则不可能请我。在这一点上我有自知之明。

一顿饭吃完，挑选驾驶员一事也告一段落，但是这辆轿车所引发的问题仍在继续。

孙猴子走马上任后执行的第一桩任务是送厂长出去开了两天会。两天后又送书记去局里汇报工作，然后是副厂长、副书记、办公室主任、劳资处长、材料处长、行政保卫处长……每人按照职位的高低依次轮流地用了一次车，再接下去车子便被厂长一人包了：外出开会、商洽业务、汇报工作、职工家访……更多的时候是他乘车出去而别人却不知道他究竟去了哪里，去办什么事情。

反正自从有了小汽车之后，我们的厂长便经常地外出办事，有时一天，有时许多天。当厂长不用车的时候，那辆轿车便停在车队的车库里，往往就在书记或别的什么人要用车的一刹那，他又乘着轿车办事去了，只留下干瞪眼的书记或是其他人傻傻地站在一旁，蛤蟆一般地起伏着胸腔。如此一来，一向面和心不和的书记厂长以及拥护书记和拥护厂长的两派人物之间的矛盾也就表面化起来，双方剑拔弩张，形势一触即发。终于有一次，两个人为争着用车在办公楼前无所顾忌地争吵起来。

早晨上班前三两分钟，工人们嚼着早点鱼贯进厂，满头银发的老书记和西装革履的厂长像两只正欲互掐的公鸡吵得不可开交。我走过去的时候，听到厂长用一种略带嘲弄的口吻对书记说："你不是总教育我们要艰苦朴素勤俭节约吗？那你今天就骑自行车去吧，既能为改革开放节约半升汽油，同时还能锻炼身体，对不对？"

厂长说话时的面部表情极为丰富，似笑非笑欲笑还休，一脸的机智。老书记也不知是被他的话气得还是被他这一脸的表情给刺激的，脸上"腾"地升起一股红潮，摇着一头白发大声嚷嚷道："你这人怎么没一点修养？你还像一个领导吗？亏你说出这种话！"

厂长不失真诚地笑了一下，说："我这不是为你着想怕你犯错误吗？"一看书记又要发火，急忙一摆手，"好了，不说了，车先给你用。"一转脸对站在一边孙猴子说："小孙，你上午先送书记去局里，我自己乘车去物资大厦，"抬手看了手表，"半小时后你去接我。"

厂长说这话时一脸的严肃，绝对不像是在开玩笑。可是他不会不知道从我们厂开车到局里起码要四十分钟左右的时间，然后从局里再到城北的物资大厦又需要二三十分钟。而他却命令孙猴子过半小时后将车开到物资大厦接他，这葫芦里卖的什么药便很清楚了。

我一听忍不住哈哈大笑起来。旁边有个工人反应慢了一拍，急忙问我："怎么了？怎么了？你笑什么？"这一问更让我乐不可支，连肚子都笑疼了。

周围的人看着我，想笑，又怕书记忌恨，只好将一腔的笑意死

吹口哨的发动机

死压在了一张张茄子似的脸皮下，情景煞是动人。

书记气呼呼地离开了，临走时狠狠瞪了厂长一眼，余光捎带着扫到我的脸上，并在上面短暂地停留了片刻。

书记一离开，厂长立刻又正儿八经起来，板着脸朝我呵斥道："有什么好笑的？快去上班！"

人群一哄而散。从我们身后传来厂长愉快的叫声："小孙，我们走！"

当领导们不用车的时候，那辆轿车就停在车队的车库里。孙猴子对这辆娇小玲珑、色彩鲜艳、线条流畅的"紫灯"呵护备至、爱惜异常，时不时地操起水枪或者拿着一团棉纱将汽车擦洗一遍。这辆轿车被他收拾得洁如处子一尘不染，即便不在我们的视线中也会独自闪烁。

一辆车的出现也为修理工闲暇时的话题注入了新的内容，从它的造型到内在结构以及发动机工作时的技术参数全是我们关注的话题。可惜我们对它的关注只能到此为止，因为在我们和一辆汽车之间始终存在着一个人——孙猴子。

前面我交代过孙猴子是一个非常吝啬的人，他的吝啬同样也表现在对那辆轿车的爱惜程度上。那是一种想守住一盏灯而不愿让它的光芒扩散开去的吝啬。

有一次我和另一名修理工为一个有关轿车的问题争执起来，两人争执不下便走到车前要打开引擎盖实地证实一下。孙猴子死拦活缠地就是不许我们接近车身。我们将好听的话说了一遍又一遍，他就是不让步。最后反倒是我和那个修理工打了起来，因为他后来说了这么一句话："你懂什么？你知道汽车有几只轮子？"他的话一出口便挨了我一个大嘴巴，两人顿时扭打在一起，等别人将我们拉开时，双方都已鼻青脸肿的了。

这件事之后，修理工们把孙猴子恨了一窟窿，平常都不愿搭理他。大家都在心中盼着那辆车快出故障，等着修理他的机会。

一天上午，轿车果然出了毛病。一开始也没人在意，只看见孙猴子蹲在车旁用一个盛满汽油的铁盆长久地清洗着什么。一上午都快过去了，也没见他改变姿势。期间厂长来了一回，阴沉着脸站在旁边看了一会儿又离开了。等厂长第二次出现时，孙猴子脸上已经挂满了汗珠，就听厂长大声嚷嚷。他先训了孙猴子一通，然后就大声叫着车队队长出来。

还不知道出了什么事的队长从办公室跑出来后立即被厂长骂了一个狗血喷头："你这个车队队长怎么当的？车子都坏了一个上午了你知道不知道？"一头雾水的队长刚申辩了两句，厂长又不耐烦地挥手道："还啰唆什么？赶快派人修！中午之前不修好我扣你一个月奖金！"

当队长土着脸来到更衣室下任务时，我们谁也没搭腔。抠鼻子的抠鼻子，掏耳朵的掏耳朵，玩指甲的玩指甲，将队长冷冷地晾在了当场。

队长急了，可怜兮兮地哀求道："我的祖宗唉，你们就当帮我一个忙的。只要中午下班之前能将车修好，所有人给一天调休外加一个误餐费。"

吹口哨的发动机

这时有人说:"我们答应大老李要去喝他喜酒的,失信可对不住人家。"

队长说:"你小子也别骗我,大老李的喜酒是下午五点,在'老广东'准时开宴,耽误不了。如果车子修不好,厂长顶真起来,以后不到下午五点不许下班,你们到时候别后悔!"

最终我们还是没能抵抗住队长的软硬兼施,由两个修理工攥着一把工具骂骂咧咧地出去了。其他人坐在休息室里一边抽烟、聊天,一边等着他们。没一会儿那两个修理工推门进来了。

我们问:"这么快就修好了?"

他们答道:"不行,不行。这种毛病我们伺候不了。换人吧!"

我们就问:"是什么毛病?"

"什么毛病都没有,是'化油器'……"他们连说带比画也没说清。

组长说:"大家一起出来去看看吧。"

于是大家一起起身往外走,有一个老修理工开玩笑地对那两个修理工说:"你们两个越来越出息了,一个'化油器'都摆弄不来,连赵刚都不如了。"

我大叫:"我可没惹你噢!"众人一起大笑。

离得老远我们就看见那辆轿车前阴着脸踱着方步的厂长和垂头丧气的孙猴子,在他俩中间的地上搁着一个铁盆。我们走过去后,组长简单问了孙猴子两句,然后蹲下身动起了手。

原来这车的确没什么毛病,只是由于孙猴子根据自己以往开国产车的经验,上午一来就放了半盆汽油,想把发动机上的"化油器"清洗保养一下。令他没料到的是，这种进口轿车的"化油器"的内部结构比国产汽车上复杂得多，光零件便比国产的多上十好几个。等他将"化油器"拆散并将所有的零部件清洗好，才发现已经无法将它们再完整地装起来了。整整一个上午他蹲在一个铁盆前闷头捣鼓，却因为拉不下面子（清洗"化油器"是一个驾驶员和修理工最基本的技术）和出于与修理工之间紧张关系的考虑而不愿报修，因此耽误了厂长用车。

组长蹲在盆前熟练地装着"化油器"，其他人站在一边有说有笑地看着他。没一会儿我们就发现不对劲了。

组长双手的操作速度逐渐地缓慢下来，脸上的神情也渐显凝重。再接下去他的脸上渗出了一层细汗，呼吸也因为失去了正常的节律而变得急促和紊乱。最后他停下动作，满脸通红地缓缓站起身来，只轻轻地说了一句便羞愧地站到了一边："我不行！你们谁来试试？"

在所有人中数组长的技术最好，如果有什么故障连他也排除不了，那么这其中的难度就可想而知了。

大家愣在当场，没人敢上前一试。

冷眼旁观的厂长冷冷哼了一声，一扯嗓子又大声喊起了队长。组长也急了，扭头朝我们使了一个眼色，一位老工人便越群而出，走到铁盆前蹲了下来。可没一会儿他又站起来，略显羞愧退到一边，然后又上去一个人……

半小时不到，所有修理工几乎轮着转了一圈，可是一只本来完整的"化油器"依然零零碎碎地散在盆中。这时候还没有上前一试

吹口哨的发动机

的人只剩下我了,所有的视线不约而同地集中到我身上,其中的含义各不相同,有希望、暗示、疑惑以及另外一些无法细述的复杂情绪。

我被这十多双眼睛注视得心慌意乱,也不知道自己是不是应该上前试一下。

我是整个修理组技术最差的,甚至可以算得上是毫无技术,我们队长曾说过我:"别的修理工都是修理工,唯独你这个修理工是一个装配工,只会拆拆装装!"平常在修车的过程中无论谁遇到什么难题,都不会有人想起来找我商量,更别提让我替他们解决了。正因为有了以上的经验,所以我想这一回肯定也不会有人指望我上前试一下的。想通了这一节,就心安理得地站在一旁,等着看这出戏该如何收场。

重新从办公室跑出来的车队队长堆起一脸的谄笑给厂长敬烟,却被一头恼火的厂长一抬胳膊打落在地。厂长看也不看一眼那根滚在地上的香烟,两眼盯着队长问:"你们到底还能不能把车子修好?干脆吭个响儿,如果不能修,我就把车子送出去,以后再有什么毛病我也不指望你们了!"

队长被厂长的一番话噎得直欲打嗝儿。他弯了腰捡起脚边的香烟,借机掩饰自己的尴尬神情,然后直起身子愠怒地盯着组长问:"你怎么说?"

组长垂着头沉吟了一会儿,抬眼在人群中飞快扫了一遍,目光落在我身上就不动了。他用一种商量的口吻问道:"小赵,你能试试吗?"

我还没说话，一旁的厂长却急了，他大声斥责："开玩笑！简直开玩笑！他怎么行？算了算了，我还是送出去修吧。"转脸对孙猴子说："你去联系一下。"孙猴子应了一声就要走。

厂长那不屑的口吻和飞扬跋扈的神情刺得我心头火起，我放胆对孙猴子大叫一声："等等！"转脸问厂长："我还没试你怎么知道我不行？"

厂长咯地一愣，脖子一硬又要发火，队长急忙将话岔了开去。他晃着手中的那枝香烟对我说："小赵别多说了，快试试吧！"

我没再说话，只身走到铁盆前蹲了下来。

尽管心里已经有所准备，可是一看见盆里零零碎碎奇形怪状的那一摊零件，我的头"嗡"地立刻大了一圈⋯⋯

我将手伸进盆中，在冰凉的汽油下面胡乱拨弄着零件，想借机平静一下，并希望通过观察能辨认出其中一些应该为我熟悉的零件，但是最后还是失望了。铁盆中所有的零件都异常的陌生。说实在的，假如这个"化油器"是被我拆开的，哪怕是第一次，哪怕里面的零件的数量再多出数倍，我也自信能够照原样将它完整地装配起来。这么多年来别的技术我没有学会，拆拆装装的经验多少还积累了一些，可是现在⋯⋯

眼睛紧盯着铁盆，两只手像零件一样埋在汽油下不敢浮上来。时间一分一秒地过去了，周围一片沉寂，只有不远处其他车间的机器运作声还在轰轰地响着。那单调而贫乏的声音传到我们身后，被沉寂同化并不断加深着力度，随着沉寂无声地向外扩散，逐渐地散到死亡边缘。

吹口哨的发动机

有许多次我感到自己快要坚持不住了,身体中仿佛有一股力量驱动着我要从这只铁盆前跑开。周围那十多双眼睛刺得我全身发痒出汗燥热难当……

也不知过了多久,一年或者两年,十年或者二十年。忽然间我的头脑中灵光一闪,完全是下意识地顺手从铁盆中取出一个零件,心思不带拐弯地将它装到"化油器"底座的一个部位上。装上去试了两下后我就知道自己对了,再接下去有如神助一般,我随便拿起一个零件,手就会自动将它装到某个特定的部位上去,完全不由大脑做主。

这时我听见周围有人轻轻吁了一口气,我没敢抬头,手上的动作也没敢停下,生怕自己一停手便会中断这种灵感。我的手越动作越快,越动越快,短短的十多分钟,铁盆中的七八十个零件被我完全、准确地组合成一个整体。当我用手中的改锥拧紧"化油器"上的最后一颗螺丝后,支撑我这一百多斤身体重量的心情、思维、脉搏、心跳、视觉、听力等所有一切突然一下子全消失了。我两腿一软,一屁股坐定在地上……周围的人却仿佛又活过来,七嘴八舌叽叽喳喳地相互说着话。车队队长更是一脸的光彩,他将手中的那根香烟夹到我的耳朵上,腾出手使劲拍了拍我的肩膀……

孙猴子将"化油器"装上了发动机,接着一缩身子钻进车中,用钥匙拧开了启动开关。随着马达一阵急促的转动,发动机呜呜地运作起来,状态平稳声音均匀,仿佛很远又似乎很近。

大家又是一阵欢呼,为这准确而动听起来的声音。厂长的嘴角也挂上了一丝笑意。

厂长敲了敲车窗问孙猴子是不是可以走了，得到肯定的答复后，他打开车门钻了进去。孙猴子适时地一踩油门，车子"倏"地一下窜了出去，唯有那轻微的发动机运作声还在我们的身边持续着，一片温暖着我们视线的紫色晃动着去远了……

这件事改变了我在单位里的处境，人们普遍对我产生了新的认识。说起来挺有趣，有的人甚至将我归纳到满腹技术而不事炫耀的深沉一类的人物之中去了。这多少缓和了我与生活的紧张关系，领导对我的工作重新作了安排，让我重点负责那辆轿车的维修和保养。当时队长这么对我说："小赵呀，以后其他的修理任务你就别问了，你的工作就是保证小车的良好车况，不能耽误厂领导用车。"

这一决定让我喜出望外，这意味着从此往后我不必再为那二十多辆又笨又丑又重的大货车能否正常运行而担心，也不必为它们中的某一个故障处心积虑、苦思冥想，更不必为此将整个汽车打散拆开，然后面对着一地的零件黯然神伤……

以前每天清晨一想到自己要去上班，人还在床上心里就万般难过起来，完全不顾夜里是否做过什么美梦。但是现在不同了，有时还处于睡眠状态中我便抑制不住地快活起来，等到时针刚指向8点，我肯定能够准时地出现在紫色的轿车旁。

这辆进口轿车的性能和质量的确不错，除了上回因为孙猴子的人为原因出了一次故障之外，以后再没出过任何的毛病。我这一阵主要的工作就是协助孙猴子保养汽车，清洁车身。这种工作一般不用花费多少时间和精力，更多的时间里我和孙猴子是坐在车子里聊天说笑或者听着音乐睡觉。无论天气是热是冷，我们都要打开空

吹口哨的发动机

调：如果嫌热就打开制冷开关，等手脚冰凉时再将开关换到制热的档位上。反正我们一般不会允许车上的那些服务性的设备闲置下来的。

如此这般地过了一段时间，我逐渐地对自己每天只能在这辆一动不动的汽车上坐一坐的现状感到不满足了，心中暗暗打起了"试车"的主意。

"试车"是指修理工在修好一辆汽车后，为了检测车况而驾驶着汽车跑上一段路程。如果发现问题再做修理，如未发现问题便交付使用。试车实际上是整个修理过程当中的最后一道工序，但是到了我们修理工身上却被转化成放松自己的手段。

我们在工作中积累下来的紧张、疲乏往往是通过试车而得到缓解和消除的，演变到最后，"试车"完全成了修理工在每天八小时的工作中除了讲粗话聊天、上厕所抽烟等不多的数种休息方式之外的又一种休息甚至是休闲娱乐方式。只不过这种娱乐方式是被工作的外表掩饰着的，外人一般觉察不到。

开始时修理工的试车范围被严格规定在厂区以内，没有特殊的缘由绝对不可以将汽车开出工厂的大门。这主要是怕我们在外面被交通警察查出来是无证驾驶而惹麻烦。但是因为我们单位处于远离市区的郊外，周围七八里以内见不到一个交通警察，所以，每一次试车几乎都是在厂区以外的公路上进行的。由于许多年来从没有人因为试车出过事，领导也就睁一只眼闭上了另一只眼，不愿多得罪人。

自由的修理工们就在厂区周围玩一玩方向盘和速度，看看周围的景色，遇到来往过去的汽车便闪起远程灯摁响喇叭乱打招呼……时间久了，少了约束的修理工们愈发大胆起来，汽车越开越远，穿过一个又一个交通岗厅，或者夹在别的汽车中，在一盏红色信号灯前停下片刻，等一盏绿灯闪烁而起时再冲出停车线，晃过道路中央执勤的交警……所以对每一个修理工来说——即使是一个技术十分拙劣蹩脚的修理工——他也许不喜欢修车这一门行当，却肯定不会不喜欢"试车"这一活动。我也一样。

这一段时间，我时刻都在盘算着自己的"试车"计划，但是因为那辆轿车一直不出故障，使得我难以以正当的理由要求得到一次试车的机会。而要想私下里从孙猴子那里寻找一次试车的机会，则无异于与虎谋皮。孙猴子似乎早已洞悉了我的心思，平时谨慎小心地严加防范，不给我任何一点可乘之机，就是上厕所也不忘将钥匙拔下来带走。在这家伙的眼里，我快成贼了。

一天上午，孙猴子事先没有一点预兆地生起了一种怪病，他一会儿全身发冷，一会儿又浑身燥热。冷的时候全身颤抖不止，脸色苍白嘴唇乌青；热的时候又面色赤红大汗淋漓。一开始他还死命撑着，以为抵抗一阵就没事了，可没多大工夫就吃不住劲了，有气无力地对我说："我去医务室拿点药。"

我坐在车上听了一会儿音乐，忽然发现启动开关上插着一把通体晶亮的钥匙，光彩夺目熠熠生辉。这是孙猴子忘记拔下带走的。我的心禁不住一阵狂跳，是紧张抑或喜悦自己也诉说不清。我将自己的身体悄悄移到驾驶座上，伸手握住钥匙轻巧地一拧，马达一阵骤响，汽车被发动起来。我没有犹豫，顺手一推排挡杆，将汽车缓

吹口哨的发动机

缓地驶了出去……

没料到车子刚接近厂大门口,却迎面撞上了孙猴子。见我把车子开了出来,他一脸的病态顿时换上了一副凶神恶煞般的神情,大声呵斥:"你怎么随便开车?出了事谁负责!"不由分说,绕过车头就准备开车门上来。

我急了,没等他的手触到车门,左脚一踩离合器,右手暗暗将排挡杆推向快挡的位置,急急地射出了厂门。从倒车镜里我看见孙猴子被这突然而起的速度意外一闪而失去了节奏,下意识地跟着车子跑了两步,最后停了下来。孙猴子站在原地狠狠一跺脚,一张扁嘴不住地张合着,牵动着整个面部表情。我知道他这是在骂我,但是我已经顾不上理会了,因为一条明晃晃的大路已经在我的面前展开……

汽车沿着公路飞速向前,几乎没什么声音的。我先是看见公路两边的树木在快速向后移动,然后才明白这其实是汽车在向前开。尽管速度很快,但是坐在车子里的人却没有一丝颠簸的感觉,只是在一种向前的速度作用下,身子直欲后仰。这种舒服的感觉简直无法用语言来表达,任何词都表达不出我驾车向前飞驶时的美妙感觉。

许多年后,我年岁已高,年轻时的许多经历都已被记忆遗失,唯独对这一段经历记忆犹新。我那时就想,假如让我回过头来重新活过,那么我什么事都不做,不工作、不上学、不抽烟、不说粗话、不读书、也不和女人乱来。只拣一辆紫颜色的小汽车拼命地往前开，一直往前开，一直开到地球的边缘，一直开到世界和生命的尽头……

眼前是一条我十分熟悉的公路，我每天的上班下班都来回于此，它连着我的家。很多时候，我对这条公路熟悉得已经到了几乎感觉不到它存在的地步。可是当我驾驶着一辆光芒四射的小汽车登上这条公路时，我的身体竟然抑制不住地为之颤抖起来且久久不能停下。

同样的一条公路，经过同样的某个地方。同样的一片风景，依然被同样的速度错过。这司空见惯的一切偏偏是在今天激动起我的身体和心情，我想这其中的差异应该是一名乘客和一名司机之间的区别。

当你作为一个乘客时，你与那一路上的风景以及载着你向前的速度之间其实还隔着一个司机。但是一旦由一个乘客转为一名司机，这种阻隔便会自动消失，这时的一棵树、一片阳光、一块石头、一缕空气、一种速度、一阵风等一切的一切都已经与你融合一处，并完全处于你的身体和心情的作用之中：你踩动油门，车速就会加快；你向左打方向盘，汽车还会拐弯；你放缓车速，树木将会变得清晰；如果你踏住刹车，移动的房屋也会停止，只要你愿意，它们（事物）就不会反对。

汽车继续向前，公路上一辆又一辆的汽车被我超越、抛下，大路两旁的景色与我的视线短暂地一接触便被另一种景物更替。它们在一面静止的玻璃上被我制造出的速度尽情地模糊着、闪着，速度下的它们仿佛具备了生命和活动能力，带动着一条明晃晃的大路飞速地向后翻动。似乎还没等我完成一次呼吸，道路已被一盏骤然而起的红色信号灯中断。

前方是一个十字路口，路旁矗立着一个交通亭，另一边一个电线杆上则固定着红黄绿三种颜色的交通信号灯。当我来到时黄灯已经熄灭，红灯刚刚闪烁开来。我前面的一辆面包车在红灯闪起的一刹那停了下来，我跟着停在它的身后，随后而至的汽车停在了我的身后。

越过十字路口就是市区了，以后每向前走一段路便会出现一个交通岗亭，同时还有一些交通警察守在路边，随时准备着将那些违反交通规则，以及无证驾驶的冒牌司机们从一辆汽车中拽出来带走。这意味着如果继续向前行驶，将增大我的危险。

按规矩我此时应该掉转车头将车子开回厂里，可我实在不愿意就此回头，感觉中我刚刚才坐上汽车，还没来得及将汽车发动起来，我的身体和内心中还有一种强烈向前的冲动期待落实。无论前方是什么样的一种景色，无论前方还将闪起多少盏红灯……

前方的红灯眨巴了两下眼睛后被一盏绿灯代替。我前面的面包车随即启动，迅速越过了停车线。我不假思索跟着挂挡踏下油门，稳稳地将车子开了出去，沿着面包车的路线驶过停车线、岗亭和一个站在道路中央玩弄着手式的年轻交通警察的身边。车子开出很远了，我才突然害怕起来，手脚顿时变得不听使唤了，好几次不知怎么的就将车子开到反道上去了，差点撞上一辆迎面驶来的卡车和一辆"的士"。再回到正确的路线上时，又差点刮到一辆同方向行驶的"子弹头"，一时间引得周围的汽车"嘀嘀嘀"地叫唤个不停。

我知道自己不能再开下去了，于是将车缓缓靠向路边，想借机平息一下自己的情绪。

上午9点多钟，大街上的汽车一辆接一辆地向前飞驶，络绎不绝。面对着这般景象，我突然觉得自己的担心有点多余。全城的汽车那么多，它们来来回回川流不息，犹如阴天里忙着四处搬家的蚂蚁一样众多，警察们的眼睛根本不可能穿过涂满油漆的铁皮从众多的司机中认出我这个无证驾驶的冒牌货。除非他们能掐会算，否则永远也别想从千千万万只蚂蚁中准确地捉住我。

想通了这层道理我轻松起来，重新启动汽车，吹着口哨驾着车子向市区飞去。

我家住在市中心一个名为"鼓楼"的地区，平时除了上班以外，我的活动区域基本上不会超出它的范围。在我的概念中，距离鼓楼两站路以上的所有地方统统属于郊区。我一般不去那些地方，也没有必要去。鼓楼本身就是一个各种设施比较齐全的地区：电影院、歌舞厅、商店、银行、大学、饭店、书店、浴室、咖啡店、体育场、游戏机室、电视发射塔——如果不是因为缺少一个飞机场和一个出海口，鼓楼完全可以单独成立一个"国家"。

我的朋友们大多数也住这一地区，即使少数几个住在别的区的朋友也是隔三岔五就要来鼓楼一趟，甚至有一个诗人朋友每天上午都要到鼓楼附近的一家小咖啡馆里就着咖啡写诗。正是由于这些原因，所以当我驾驶着汽车进入市区后便一头扎向了鼓楼，像一粒铁屑朝着一块巨大的磁铁飞去一般地毫不犹豫。

这个城市的中心是鼓楼，鼓楼的中心则是一个转盘路，这是

吹口哨的发动机

鼓楼的心脏部位。当我驾车进入转盘之后，一时之间却拿不定主意要去什么地方了：走中山南路可以去电影院，走北京东路可以到公园，走中山北路能到书店，而我是从中央路上一路开过来的……我沿着转盘一圈一圈地绕着，同时在无数个念头中间确定着离我最近的那一个。最后我还是拐上了北京西路，因为它通往云南路，而我的家就在云南路上。

从北京西路去云南路中间要经历一个大下坡。我驾着车一个顺势下滑，向右一打方向盘便上了云南路。巧妙的是一拐过弯我就看见了我妈妈。她正拎着一篮子菜往家走。

我驾着车悄无声息地靠拢过去，放缓车速跟在她身后轻轻地摁响了喇叭，"嘀——嘀，嘀嘀嘀，嘀嘀嘀——"我妈妈根本没回头，只将身体向路边靠了靠，完全是下意识的。她可能以为自己真的妨碍了车辆的正常行驶。

我暗暗好笑，继续摁喇叭，"嘀嘀嘀，嘀嘀嘀，嘀嘀嘀嘀嘀嘀嘀嘀嘀嘀嘀嘀"。妈妈终于被不住摁响的声音牵动，回头朝我所在的方向瞥了一眼又继续朝前走去。可能是阳光在车玻璃上的反光使她没能认出我。我停下喇叭，揿下车窗上的玻璃伸头叫她："妈！妈！"

妈妈再次回过头来，终于看见了我，她笑着骂道："讨债鬼，吓了我一跳！"

我说："妈你上车吧，我送你回家。"

"算啦，还有两步路就到家了。"她说。

我一再劝说，她却执意不肯。最后我只好说："那你把篮子放到车上吧。"

这回她没有拒绝,可还是不愿意将菜篮交给我,而是搭在车上的后盖上,用一只手扶着跟着车子慢慢地向前走,一边走一边问:"你怎么把车开到这里来了?"

我说:"我这不是试车嘛!"

"那你没有驾驶执照也不能将车子四处乱开呀!"老太太跟个革命干部似的,一脸的认真。

我说:"谁说我没有执照?我拿到执照都快两个月了,你怎么一点不知道?"

老人家听了不吱声了,转眼打量了一下汽车问:"这辆车是'上海'还是'奥斯汀'啊?"

我妈妈这辈子只坐过这两种牌号的轿车,而且还分不清这两种轿车的具体差别,遇到所有的轿车她都以为是这两种型号中的其中一种,为此闹过许多笑话。我耐心地向她解释:"这种车叫'灯',外文的原名叫叽里咕噜哪,翻译成中文就叫'灯'。"

老太太点点头,煞有其事地称赞说:"不错,不错,跟我们国家'上海'车差不多!"

这话差点没让我将整个车子笑翻了,我说:"这车比你的'上海'可高出一老截儿呢!买一辆这种车的钱可以买十多辆'上海'车!"

老太太一听这话就起了急,说:"这么贵的车你怎么敢开?送回去,快送回去!"她一边说一边又将菜篮重新拎回到手中,任我如何解释就是不肯再往前走了。僵持了一会儿,我看难以说动她,只好开着车走了。

从云南路的另一头出去是大方巷,向左一拐就到了山西路。山西路上有一家咖啡馆,我有一个诗人朋友每天上午都要来这里读书和写作。这是一种典型的巴黎风尚,二战时期三流作家的一流习惯。与这样的诗人聊天是我的一大业余爱好,他总是神神经经的,说起话来嘴里尽往外蹦一些奇怪的字眼,挺让人长心眼的。

到了咖啡馆门前,我将车停在慢车道上,然后锁上车门进了咖啡馆,在一张靠窗口的座位前找到了诗人。

"嘿!诗人!"

他抬起头向我的两旁边看了看,然后又将一颗瓜子一样的脑袋埋进一本摊在桌子上的书中。于是我又叫:"诗人!诗人!"

他一惊之下再次抬头四顾茫然喃喃自问:"谁叫我?谁在叫我?"定眼一看是我,又说:"你怎么来了?现在是白天还是晚上?"

我说:"诗人,今天我是特意来请教一件事的。"

我当时的表情肯定与平时大不一样,惹得他对我愣愣地犯了一会儿傻问:"又失恋了?"

我摇摇头,问道:"诗人,你说如果一个穷光蛋有一天身上突然有了一大笔钱,那他应该怎么办?"

诗人的眼中异彩一闪:"你有多少钱?哪来的?"

"我只是打个比方,并不表明我有这么一笔钱。"我的回答令诗人十分地失望。

"我还以为你已经有了一大笔钱呢?"他说。

我说:"诗人,你还没回答我的问题呢!"

诗人翻了一个白眼,有点不耐烦恼地责备道:"这种事还用问吗?一个穷光蛋如果有了钱之后,除了想方设法地把钱花光外还能干嘛!"

"如果一时半会儿花不完呢?"

"那就存起来慢慢花,或者请几个朋友帮着他一块花。只要努力不懈,总有一天会花完的"。

诗人突然停下来,两眼直勾勾地盯着我问:"你到底有没有这么一大笔钱?"

我摇摇头。

诗人顿时像一只泄了气的皮球,转眼没了精神。"你没这笔钱又何必操这份闲心呢?惹得我都跟着心慌。"说完又将脸埋进书中不理我了。

我默默坐着,隔了一会儿,忍不住又张嘴问他:"诗人,你这会儿是不是特别想去什么地方?"

"我想去什么地方?"诗人问。

"譬如说新街口、夫子庙、中山陵……"

"我没事去那些地方干吗?不过半小时前我就想上厕所了,可一直懒得动弹。"

我来了兴趣,追问道:"你说的是不是'少年宫'旁边的那个厕所?"

诗人疑惑地看着我,不认识我似的说:"你这家伙今天怎么了?是不是哪儿出了毛病?"

吹口哨的发动机

我没计较他的态度，诚恳地说："你要实在憋不住，就让我送你去吧！"

"你送我？上厕所还有送的吗？你准备怎么送？"

我说："这可不能说，反正只要你走出这个门，我一步都不要你走，就把你送到厕所门口。"

诗人笑了，说："好吧，好吧，权当你的话是真的。"

我们站起来一前一后地走出去，一出门就看见一个老太太正围着我那辆轿车转着圈。不时停下来将脸贴在玻璃上朝车里打量，一副贼样。我大喊一声："喂！大白天的你想干什么？"

老太太回过头问："这辆车是你的？"

我没好气地回道："不是我的还能是你的？"

"那好！"老太太指了胳膊上的红袖章，"我是交通协管员。你把机动车停在了慢车道上，按规定要罚款三十块。"

我这才明白自己撞上的是哪一尊佛，不过要罚款那是万万不可的。我故作镇静地问："你有罚款单吗？"

老太太刷地一下从身上抽出一叠白花花罚款票据："你说的是这个吧！"说着便递过来给我查验。

我摆摆手，说："算了，不用看了。你撕个三十块钱的，我拿钱给你。"回过头对诗人说："请你帮我点一下。"

我若无其事走到车前，打开车门钻进去迅速启动了发动机。"嗡"的一阵响，我一带车门迅速将车开跑了。从倒车镜里我看见那位老太太顿时和诗人扯成了一团。

我驾着汽车漫无目的走着，因为没有具体的目的地，所以感觉像是朝着四面行驶。我一会儿向前飞跑上一阵,一会儿又放慢车速缓缓而行。从山西路到鼓楼新街口到大行宫再到夫子庙,我一路上走走停停,从一面玻璃后面不住接近着大街上的景色,并与它们一起暗暗地体验着一阵风一缕气息……

当我驾车来到夫子庙时已是中午时分,秦淮河畔的夫子庙广场上聚着许多的饮食摊点和各种类型的小摊贩们。无数的行人夹杂其中,一眼望过去密密一片。汽车根本进不去,我只好一打方向盘拐上了一座小桥,然后从桥的另一头下去,沿着秦淮河缓缓而行,一边欣赏着河边的风景一边想着心事……

世上的事如此地无常,一辆昨天还和我没有多少关系的汽车,今天却被我牢牢地把握在手中,驶过了整个城市。而本来应该坐在车里的一个司机和一个厂长,此时却在车子之外的某个地方猜想着这辆车的行踪,并为此着急。不过他们应该想到这辆汽车终究是要回到他们身边去的,也许下午也许晚上。而我今天能将汽车开到这里,已经是一份天赐和馈赠,以后恐怕很难再有这样的机会……

我任由思绪和汽车径直向前,浑然忘了周围的一切,直到被一个警察拦住。眼前光线一暗,我还以为是天黑了呢,等看清是一个身穿制服的警察时,我魂飞魄散,一脚踩下刹车愣在当场。

警察绕过车头走到车门前举手向我敬了一个礼,微笑着对我说:"司机同志,这里有一个病重的老人,能请你送她去医院吗?"

我一时没能绕过这个弯儿,顺着话头试探着问道:"就一个病……人?"

警察奇怪地看着我,点点头:"对,就一个。"

吹口哨的发动机

我这才醒悟过来，急忙说："没问题！没问题的！"

警察笑了笑说："那就先谢谢你啦！请稍等一下。"说完匆匆离开，三两分钟后他领着两位老人回来了，是一个白胡子老爷子扶着一个老太太。

我下车帮着警察将两位老人让进车中，警察对我说："司机同志，我要去上班，就不去医院了，请把他们送到医院就行了。"

我说："你就放心吧，包在我身上了！"

警察又是一番谢词之后走了。我关上车门后问两位的老人："这个警察是你们的儿子？"

颇有几分儒雅之气的白胡子老人回答道："哪里哪里，他是我们居民段的户籍警小王，可真是一个热心人呀！"

我问老人："你们要去哪一家医院？"

"去市一医院吧，非常近的。"

我说："你老人家别担心路程，想去远一点的医院也没关系。要不去鼓楼医院吧，那里的医疗技术和设备可是一流的！"

老人说："不必了，市一医院也很好。"

老人的决定让我有点失望。我没再说话，发动起车子后又打开车灯摁住喇叭挂上最高一档飞驶而去。一路上的行人和车辆纷纷避让，每到一个交通岗厅前，执勤的交警总是为我拦下其他车辆，挥手招呼我快速通过……

白须老人扶着病人下车后并没立即离去，他站在车门前嚅动着嘴唇半晌才说出一句话："太谢谢你了！"

我说："快进去吧！"

老人点点头，腾出一只手从上衣口袋里摘下一支钢笔递到我面前说："我没什么钱，这支笔我已用了三十多年了，如果不嫌弃就收下作个纪念吧！"

我对老人说："你老人家别客气，这种事无论谁遇上都会做的。"

老人依然坚持："你不嫌弃就请收下！"神情极其诚挚，似乎我不收下他便不离去一般，我只好伸手接过了钢笔。老人笑了，朝我点点头，扶着病人慢慢地走进了医院。

我驾驶着汽车又上路了，一手握着方向盘，一手玩着还带着体温的钢笔。刚刚发生的事为我这一天里的幸福注入了新的内容，也为我驾驶的汽车提供了一个新的方向，然后一路上我都在等着有一个什么人能突然拦在我的车头，直到我明白过来这种期待意味着什么时，自己也忍不住哑然失笑了。这种情绪一经开始便无法停下，只可惜再也没有人突然拦在我的车前，最后当我看到前方的人行道上有一个人背着行李正艰难行走着时，我索性打开车窗主动搭话说："喂！你需要用车吗？"

那人摇摇头说："不用。"

我不甘心，又说："看来你还有一段路，还是让我用车送送你吧！"

"不需要！"那人冷冷回了一句，加快步伐走上了另一条路。

我顿感无趣，只好继续向前走。经过一个公共汽车站时，看见站台上站满了等车的人，我将汽车缓缓靠过去，朝人群中招呼道："有人要用车吗？有人需要用车吗？"

吹口哨的发动机

喊了半天也没人理我，大家只用一种奇怪的眼神朝我不住打量着。我又招呼了几声，人群中一个大学生模样的女孩子怯生生地问我："去火车站吗？"

我急忙应道："去，当然去！"

"那要多少钱？"

我不加考虑脱口说道："不要钱，一分钱也不要。来来来，快上车吧！"

女大学生听了这话脸一黑，胆怯地向人群中退了退，不理我了。我这才意识到自己刚才说的话容易让人误解，情急之下改口道："你如果愿意付钱也行，随便多少。"

话一出口我又发现说错了，再想改口也来不及了，尴尬之下只好讪讪离开了。

往前又走了一会儿，我又努力了几次，可始终没能争取到一个顾客。唯一遇到一个有可能成为我顾客的人，却由于我再一次的愚蠢行为而失之交臂。

当时是在一个大酒店的门前，我刚一出声招呼他就走过来熟练拉开车门坐上了车，因为没看到"计价器"，他就问我："你车怎么没有计价器？"

我说："我这不是出租车，只是利用单位休息的机会出来捞点外快。"

那人就问："那么去鼓楼你准备收多少钱？"

我从来没在外面坐过出租车，也不知道其中是怎样一种行情，只是生怕价格报低了使人起疑，于是张嘴就跟他开了两百块钱，他听了后说了一句："全中国也没有你这么黑的！"推开车门头也不回地下车走了。

等我感到饥饿时已是下午三点多钟了。我下车去街边的一家小店里买了一块面包一瓶饮料，然后坐在车子里边吃边观赏着街景。

这时大街上的车流量正进入晚高峰期间，各种类型的汽车带着各式各样的发动机的声音，以及各不相同的目的在同一条大街上奔驰着。每一辆车中都有一个或者二个、三个……人。而在车下，在道路和大街以外的某个地方，还有另外一些人对正在街上行驶着的某一辆汽车怀有好感。他们熟悉那辆车的程度甚至超过了制造那辆汽车的工程师，和驾驶那辆汽车的司机。他们对那辆汽车的形状和颜色刻骨铭心，从没将那辆汽车当作单纯意义上的汽车，而是将它当成了自己的一个朋友或者兄弟。当一个无知的司机驾驶着那辆汽车离开他们驶上公路和大街时，他们会暗暗担心并感到难过……

我才吃了半个面包就没有了心情，尽管饥饿的感觉还没有完全消失，但已经没有了食欲，此时的心情以及某些想法让我觉得疲乏。我累了，我想回去了……

本来故事讲到这里差不多可以结束了，接下去我应该启动汽车，然后不出任何意外地将车子开回厂里。回到厂里也最多被领导们批评一顿，只要我端正态度装装孙子，关键时刻再挤出几滴悔恨的泪水即可蒙混过关。那么这一天将极其圆满，许多年以后回忆起这一天的经历也会感到十分美好。

可问题是，还没等我将这一计划付诸实施，我就被一个歹徒劫持了。

吹口哨的发动机

那个歹徒不知从哪儿钻出来的,一拉车门便窜上了车子,挥舞着一把手枪命令我将汽车朝前开,使劲地朝前开。在歹徒出现的一刹那,警察随之出现,三四辆"呜呜"叫唤着的警车跟在我们屁股后面,紧追不舍,车顶上的警灯还一圈一圈地闪着血一样的光芒。

我被一把手枪逼着将车子开得飞快,私下里却为自己的懦弱难过。我不知自己怎么会如此地顺从一个歹徒的旨意,怎么就不能像电影和小说里的英雄人物那样挺身而起,用生命青春和鲜血谱写一曲只身斗歹徒的英雄悲歌?

许多次我的身体里都快要产生出了这么一股冲动了,可一想到那支顶着我后脑勺的手枪最后还是算了。因为那真是一把手枪,是每一个人都认识的,那种敌我双方都喜欢紧握在手中的杀人工具。

由于我们一直处在一个和平的国度,从小到大见到的都是一些玩具手枪。久而久之,在潜意识里便模糊了手枪还具备杀伤力这一基本概念。当然,这是平时对手枪的一种浅薄认识。当你有一天被一支真正的手枪抵上了脑门时,你才恍然大悟,原来手枪还是能够杀人的。于是你就害怕了,浑然忘记了平时生活中的手枪仅仅是作为玩具而存在的事实,甚至不敢再作此想。

我驾驶着汽车向前疾驰,冲过一盏又一盏红色信号灯,越过一辆又一辆的汽车,速度快得接近疯狂。随着这种速度的延续,我的心中逐渐地绝望起来,我不知道前方还会有什么样的凶险,也不知道自己是否能够活到明天,尤其不知道自己今天究竟是死在罪犯的枪口下还是倒在人民警察的枪下……

转机最后是在我驾车冲出市区后出现的。随着大街转化为公路，周围来往的车辆和行人渐渐变得稀少。尽管那几辆警车仍然像尾巴一样拖在后面，但是形势已经不像开始时那么严峻，我和那名歹徒几乎同时舒了一口气。

就在这时，我突然发现那支一直顶在我脑门上的手枪有点问题，再一细端详我差点没气哭起来。因为那支一直让我胆战心惊的手枪实际上还是一种仿真型的玩具手枪。这种枪在市区里的一些小摊子上随时都能买到，用这种手枪最多打打火药玩个响儿，要想杀人那是绝对不可能的。心中气苦之下，不由得放缓了车速。歹徒手中的玩具枪适时地一硬，说："你丫想死啊？快开！"

听了这话我干脆一踩刹车将车停了下来，偏头对他说："你真以为我看不出这支枪的真假？"

一句话就把这家伙给砸晕了。他愣愣地犯了一会儿傻，突然将手中的家伙一扔，"扑通"一声跪倒在座位下。说真的，直到今天我都不明白在那么小的空间里，像歹徒那么一个大块儿是怎么跪得下去的。

歹徒放软了口气对我说："哥们，你帮兄弟一把，只要能躲过今天，我身上的钱全归你！"他一掀上衣，露出了一摞摞绑在身体上的钞票。

"滚你妈的！少跟我来这一套！"一想到自己是被一把假枪给逼到了现在的地步，我就他妈的气不打一处来。

那家伙也够熊的，听我这么一说顿感绝望，一缩身子在座位下"呜呜"地哭了起来。

趁着这段时间，后面的几辆警车不住地缩短着与我们之间的距

吹口哨的发动机

离。由于没有了危险，我的心情也好了许多，从容地点上了一支香烟，回头打量起越跑越近的那几辆警车。那是北京或广州的一家中外合资汽车制造厂出产的吉普型警车，车身上的颜色蓝一道白一道的俗不可耐，性能也不敢恭维。这一路上它紧跑慢赶的显然已竭尽全力，可还是被我甩下一老截儿。只是在我停下来的情况下，它们才一点一点哼哧哼哧地缩短了与我之间的距离。

眼看着那几辆警车就要追上来了，我突然难过起来，为身下的这辆轿车。它是一辆如此不同凡响的轿车，本身又具有如此高贵的颜色和气质，只要给它一个机会让它跑动起来，就算火箭也追不上，可是现在却要被那几辆土不拉几的破警车追上了。警车先围住它一顿猛撞，把它撞得伤痕遍体东凸西凹，然后再查它的牌照、发动机上的编号、大梁上的号码以及它的经历。完事之后就把它关起来，或者把它给拆了，拆得七零八落散在地上偷偷地哭泣……

我的身体忽然涌起一阵冲动，在这股冲动的驱使下，我将油门一踩到底，"嗡"的一声驾着车子窜了出去……

随着车速的不断加快，又逐渐地拉开了与那几辆警车间的距离。一种差点被我遗失的愉快心情，以及那一缕空气和风又恢复过来，重新裹住我的身体冲向前方。

从今以后，我不会由于什么原因停下这一种向前的速度。你们也别妄图用世间其他的任何一种颜色换走属于我的这一片紫色的光芒。除非我的生命终结，除非那一片紫色的光芒在铁皮上熄灭……

吹口哨的发动机

每天刚上班的头十多分钟里，车队的工人们是不干活儿的，大伙儿聚在办公室前的空地上一边吃着煎饼、蒸饭，一边看小贵州的魔术。大伙儿围成一个不规则圈子，中间站着瘦瘦的小贵州。

表演开始时，小贵州会先掏出一副扑克牌，潦草地洗上一两遍，随便找个人抽出一张牌亮给众人（小贵州自己不看）。接着将这张牌混入整副牌中，又洗上个数遍后再准确地将那张牌找出来……众人喜笑颜开、欢声雷动，宛如过节一般。

小贵州最初是车队的一名装卸工。装卸工在厂里算得上最苦的工种了，起早贪黑风里来雨里去的，两三个月下来白人也变成黑人了。相对于驾驶员和修理工而言，装卸工既不体面也没甚前途。

与小贵州同时进装卸部的那一批青工，后来各找门路陆续跳了出来。有的转成了修理工，有的坐上了办公室，只有小贵州还被命

吹口哨的发动机

运死死地摁在泥淖里，似再无出头之日一般。

小贵州后来不知从哪儿学了几手魔术，一没事就给大伙表演。消息迅速传到了厂领导耳朵里。厂领导都是一群爱才惜才的好领导，听说青工中有如此能人还埋没在基层，心生愧疚。经过一番详细的了解之后，果断地决定为小贵州改善工作条件。

本来厂领导想调小贵州到工会的，工会的工作轻松舒适，有利于他钻研魔术发展自己的爱好，并且可以带动并丰富职工的业余生活，小贵州却更想做一名驾驶员。出于尊重人才的考虑，厂领导最终同意了小贵州的要求。就这样，小贵州硬是用一副扑克牌，将自己从一名装卸工变成了一名驾驶员，这本身就好似一场魔术。

尽管成功地从一名装卸工转换成了驾驶员，小贵州却不忘本，一以贯之地利用工余时间为大家表演，久而久之看小贵州的魔术便成了工人们的一种习惯，如果哪天看不到了，大家还怅然若失，干什么都无精打采的。

厂里的工人都喜欢小贵州的节目，只有X对此不屑一顾。X觉得这种雕虫小技只能骗骗那些没脑子的人。

X是车队的一名修理工，今年18岁。X最近有点背，两天前莫名其妙地被一台发动机缠住了。

发动机镶嵌在汽车的心脏部位，那辆汽车（车身应该是绿色的吧）大部分时间都穿梭在公路或街道上——所谓的"道路"，嗡嗡嗡地持续着一种单调的机器轰鸣声和某种速度。

有一天这辆汽车却脱离了道路，开到车队报修来了。据司机介绍，故障是上午出现的，上午上班后他启动汽车准备出车。点火启动了不一会儿，工作中的发动机便在正常的嗡嗡声之中额外发出了一串哨音。这种哨音持续不断，始终伴随着发动机正常的工作状态。只要发动机一启动，哨音便随之而起。转速一快，哨音便尖锐；转速一慢，哨音便舒缓。发动机停止工作，哨音便自行消失。

驾驶员担心发动机内部出了问题，为安全起见决定报修。车队领导顺手将这个任务扔给了X。

接下任务后X第一时间检查了一下故障表现。诚如司机所言，这台发动机点火启动了没一会儿便从发动机内部发出了一串哨音，像一个人噘嘴吹着口哨似的，哨音有时还很婉转，能发出一小段近似音乐一般的简单旋律，怪异得不行。本来相对于那些爆缸的、方向失灵的汽车故障，眼前的这个故障对汽车本身而言根本微不足道。你可以将它算作故障，也可以直接将它忽略。毕竟除了能吹口哨，它和正常的汽车发动机也没什么区别，并不影响使用。可是驾驶员是一个怕死的家伙，非要报修。

X预感到这个故障可能会非常棘手，检查完了故障之后，返身走到在一旁抽烟的驾驶员面前，委婉地劝他撤销报修。X对他说，这两天修理任务比较多，你进来后可能要拖上一阵儿，这会让你少拿很多的奖金。

驾驶员眨巴了两下眼睛，懂了，似笑非笑地说，你如果能保证这问题不会引发大的事故、事故也不会危及我个人的安全，我可以撤销报修。

X费劲地咽了一口唾沫，尽量斟酌着词汇道，我私下里可以负责任地说一句，这种小问题是不可能引发什么大毛病的，连感冒都

吹口哨的发动机

不会。

驾驶员耸了耸肩，说，你这话跟没说一样。你要是不想修就给我写个保证书，保证如果出了问题，由你负责。

这种保证书X当然不可能写，谁知道一辆汽车在行驶的过程中会出现什么意外。X只得硬着头皮接下了这桩活儿。接上手之后才发现这个故障比料想的还要复杂。

X先按照正常的程序打开发动机检查所有的零部件，指望能发现某个损坏的零件，然后依此推断出故障的症结所在。但是所有的零件都很正常，有一大部分的零件还是新换的——

这辆车上个月刚刚进行过年检，气缸气压等工作数据也很正常，根本不像出了故障的样子。可是因为它能够发出音乐一般的哨音，说明它还是有问题的——这的确不是一台汽车发动机应该具备的功能，毕竟它是发动机，不是某种乐器。

这样一来，X就犯了难，他既没办法修复这个故障，也不可能将它像接到手的皮球一样再扔出去。

一连数日，X被这个怪异的故障搅得六神无主，光发动机就打开装上重复了五六回，可一发动起来哨音依然。

这台发动机已经够让X头疼的了，接下去的一个传闻更让他又惊又怕。传闻说，厂里前一阵在山东招了一批新工人，其中有一个工人会腹语，很受领导赏识。厂部准备把此人安排到修理部，而把X调去装卸部。这个消息是看浴室的大黄告诉X的，大黄说，本来上个星期厂里就要宣布了，只是领导有点顾虑，一些工人对厂里尽招一些"奇人异士"有意见，有人还向上级有关部门写匿名信告状。领导担心硬性把 X 调离会落下口实，准备找个恰当的机会再作安排。

听到大黄这么一说 X 慌了，联想到那台怪异的发动机，他甚至觉得这也是阴谋的一部分。如果修理不好发动机，厂领导便可以此为理由把他调离。X 越想越觉得是这个理，当天晚上整整一夜都没睡着。第二天早早来到厂里，在更衣室坐了一会儿后，看离上班的时间还有一会儿，决定去找老徐商量一下。

老徐并不是 X 的亲戚，连远房亲戚都不是。老徐是厂里的一名老工人，以前是一名钳工，已经有四十多年的工龄，不仅资历老，还是现任厂长的师傅。

本来像 X 这样的小青工和老徐是搭不上关系的，但是因为老徐女儿的原因，两个人还是被扯到了一块儿。老徐的女儿也是厂里的工人，今年 25 岁。这两年老徐一直想在本厂的青工中给女儿物色一名对象，凡是经他看上的青工都莫名其妙地拒绝了。

X 进厂后没多久也被老徐看中，老徐曾经托厂长做媒想把女儿说给 X（现任厂长曾经是老徐的徒弟）。不想再次遭到了拒绝。X 拒绝的理由倒不是因为年龄的悬殊——两人相差 7 岁，而是觉得老徐的女儿被那么多人拒绝过，自己再跟她处对象会很没面子。

这事关乎一个人的尊严。

尽管没有成为老徐的女婿，但是一来二去 X 却和老徐成了忘年交。老徐爱喝酒，一没事就叫上 X 喝上两口。他很喜欢 X，经常说在厂里的一帮小青工中他只看好两个人，一个是 X，另外一个是小贵州。

吹口哨的发动机

旁边有人便打趣，老徐，你说他们两个人中谁会是以后的厂长？

老徐答，别胡扯！这两个都不是凡人，不会在我们厂待久的。

对于老徐的话没人相信，X也觉得他说法滑稽透顶。就他本人而言，他十分喜欢自己的这份工作，也相信自己会在这个厂里干到退休的，像老徐一样。

老徐去年退休了。退休后在家待不住，又找厂长要求继续发挥余热。厂长被他缠得没辙，便让他回来管起了配电房。这活儿轻松，还能多拿一份工资，老徐对此安排很是满足。

X走到配电房时，老徐正在执着一把大扫帚在门口扫地。看到X老徐很高兴，地也不扫了，双手拄着扫帚问，你知道吗？有人在追唐元红。

唐元红是老徐的女儿，她是随母姓。这些年她的恋爱很是不顺，听说有人主动追，X觉得很诧异，心想不知是哪个瞎了眼的家伙！嘴里问，是谁啊？

老徐说，你们车队的驾驶员，小贵州。你觉得那小子怎么样？

X：我跟他不太熟，不知道。

老徐警觉起来，有什么尽管说，你跟我还藏着掖着的就没意思了。

X：我真的不熟悉。他是专跑长途的，他的车子修理保养都归另外一个修理组，我们基本上没有接触。

老徐放松下来，说，我找人打听了一下。那小子还行，工作踏实、作风正派，也挺有才华的，还会变魔术呢！唉！就是年龄小了点。今年才 20 岁。当然喽，现在的社会年龄也不是问题了……

X 对这个话题没兴趣，哭丧着脸打断他道，老徐，我遇到麻烦了。

老徐收住话头问，怎么了？

X 就把那台发动机的事说了。

老徐"喊"了一声，说，当什么了不得的事呢！不就一台破发动机吗？你修不好就换个人。车队二十多个修理工，每个人都上去试试，总有一个能修好的，犯得着愁成这样嘛！

X 急了，说，你怎么还不明白，这就不是发动机的事，厂里最近又招了一批新工人，其中有一个家伙据说会腹语，不张嘴就能说话的那种人，厂里把他当个宝，准备把他安排到修理部来。修理部本来就超员了，来一个就得走一个。这次他们弄来了这台发动机就是给我设的套，如果不能修好，他们就可以名正言顺地把我调走……

老徐：会有这事？思忖了片刻问，那你准备怎么办？

X：我准备把那台发动机扔了或者卖了。

老徐刚端起地上的一只茶杯喝了一口水，就被这句话呛了气，扑的一声将一口茶水全喷了出来，不停地咳嗽起来，咳得脸色通红，半天才顺过劲来，连连跺脚，疯了，简直是疯了。我告诉你，那可是公共财物，你当是孩子的玩具说扔就扔呀！卖就更不靠谱，首先有没有人买是个问题，就算有人愿意买，你也把发动机卖给了他，厂里能放过你？

X：又没人知道是我卖掉的。

吹口哨的发动机

老徐：你当别人都傻呀！发动机是你负责修的，突然说没就没了，你以为你能跟个没事人似的？

X：咬死不知道，他们能把我怎么样？

老徐摆摆手说，我不跟你说了，赶紧走，赶紧走。

X还想再跟老徐聊一会儿的，见他这种态度心里也有点生气——他觉得老徐对自己太不关心了，抬腿走了。走出好远了，老徐又追了出来，扒着他的耳朵叮嘱了一句，不管你是不是真要做这事，千万别再跟人说了，记住了！

离开老徐好一阵X的心情都很不爽，但是老徐却提醒了他一件事，自己无论是把发动机扔了或者卖了，如何面对厂里的追究会是一个问题，这个问题不解决自己就会有大麻烦。他仔细一琢磨，决定去找仝芝林。

仝芝林是一名钢筋工，平时有小偷小摸的习惯，在厂里的名声不太好。X却和他很投缘。

仝芝林刚到车间，正准备换衣服上班。X愁眉苦脸地进来了，仝芝林还以为他生病了，问他怎么了。

X把那台发动机的事跟仝芝林原原本本地说了一遍。仝芝林听了后也觉得问题比较严重，随口说了一句，你不是跟配电房的老徐关系很好吗？他是厂长的师傅，你可以找他去跟厂长说说情。

X：别提那个老东西，他根本不肯帮忙。

仝芝林：那你准备怎么办？

X咬咬牙说：这台发动机是修不好了，我准备把它处理掉。

仝芝林：处理是什么意思？

X：卖了或者找个地方扔了，如果发动机没了，他们就不能说是我修不好，也就没有理由把我调走。

仝芝林眼睛一下睁大了，你开什么玩笑！为了这事你就卖发动机？发动机没了厂里能放过你？

X：这也是我来找你的原因。

仝芝林：你什么意思？我可跟这事没关系，别把我卷进去。

X说你怕什么呀！这个计划对你没有任何坏处还有好处？

仝芝林眨巴两下眼睛，你说说看！

X：不管是卖还是扔掉，结果是发动机肯定没了。为了不让厂里怀疑我，需要设置一个发动机被偷了的假象和现场，这个现场一定要真实可信，让人一看就知道是一个小偷来把发动机偷走了，这种事你肯定在行。

仝芝林眨巴两下眼睛，我明白了，你是想让我放一把火，然后再把火引到自己身上。那句话怎么说来着？

X：引火烧身。

仝芝林：对，你想让我引火烧身，这样一来你倒是安全了，可我不就危险了吗？你这人怎么这样啊！为了自己就把别人往火坑里推！

X说你傻啊！你只是布置一个发动机被偷了的假象，事实上发动机究竟如何跟你没有半毛钱的关系。

仝芝林：不管怎么说，反正我不干。

X：我还没说好处呢！你不想听听？

仝芝林：什么好处？

吹口哨的发动机

X：一台发动机少说值个十几万，随便卖一下都能卖出个大价钱，无论卖了多少，你拿一半。怎么样？

仝芝林：不怎么样。一个东西值多少钱跟能卖多少钱根本就不是一回事，再说你不是还有另外的一种选择吗？如果直接把它扔了不是一分钱都没有？

X：如果扔了，我给你一千块，自己掏钱。

显然一千块钱对仝芝林没什么诱惑力，他哼了一声。起身道，这事我帮不了你，你再想其他的办法吧！我要上班了。

仝芝林生硬的态度让 X 恼火起来，说如果你这么不够朋友那就别怪我不仗义了！

仝芝林一愣，你想干吗？

X：我反正知道咱们厂有个人跟厂长的情人李慧娟有一腿，两个人经常利用上班时间出去开房。这事万一给厂长知道了不知他会怎么样？

仝芝林的脸一下白了，结结巴巴地问，你怎么知道的？

这一问差点没让 X 笑出来。仝芝林和厂长情人有一腿全厂的人都知道，只是当事者三方相互地不知道，既相互不知，也各自不知。看到仝芝林的神情，X 知道自己已经有了 80% 的胜算。他不置可否地哼了一声拔腿走了。他故意走得很慢，仝芝林果然撑不住了，追上来拽住他，你这人不经逗，我跟你开玩笑呢！你的事就是我的事，我哪能不帮忙呢！

X 笑了。两个人后来大致商量了一下步骤，甚至将一些细节也确定下来。X 规定布置被盗现场时要有陌生的脚印（脚印一定要清晰），还要有陌生的车辙印等等。仝芝林说，其他的都好办，你让我上哪儿弄车辙呀！难道还让我偷一辆车子？"

X说你笨啊？你不能随便找个汽车轮胎在附近来回滚几次？车队空地上到处都是破轮胎……

从钢筋车间出来后X的心情大好，搞定一个帮手对于实施自己计划十分重要，尤其想到仝芝林被自己吓唬成那样不禁笑了起来。路过厂部的小卖部时，被老板娘薛师傅看见了，隔着柜台问了一句，笑什么呢！有什么高兴的事？

薛师傅三十多岁。X刚进厂时，她还是车队修理部的一名电工，后来不知什么原因得罪了厂里的一位副厂长。那位副厂长一没事就找她的麻烦，最后薛师傅一气之下办理了停薪留职手续，自行下岗了。下岗后人却没离开，掉头承包了厂区里的一个小卖部，做起了老板。

看见薛师傅X忽然想到一个问题。走上前说，薛师傅，你是做生意的，我问你点事。

薛师傅：什么事？

X：我手上有个东西想卖掉，你知道去哪儿能找到买家吗？

薛师傅：那要看你卖的是什么？

X微笑着说，是发动机。

薛师傅吃惊地问，发动机？你哪儿来的发动机？

X就把那台会吹口哨发动机的事情跟薛师傅大致说了一下。

薛师傅听得有点懵，问，你什么意思啊！修不好发动机就要把它卖掉？

吹口哨的发动机

X：是啊！要不怎么办？

薛师傅看看 X，你这孩子没个正经，一大清早跑来说笑话逗你薛师傅玩呢！

X 说，我说得是真的，你快告诉我去哪儿能找到买家。

薛师傅：你去杨行镇上看看，什么狗屁东西都能在那里卖掉。打趣道，卖了之后别忘了分你薛师傅一点信息费。

X：没问题。不过你别告诉别人。

薛师傅忍不住哈哈大笑起来，行，我保证不跟别人说，连厂长都不说。

离开小卖部后 X 没有回车队，径自出了厂门直奔杨行去了。

单位附近的杨行镇是一个收废品的集散地，整个一条街上全是收售各种废品的小摊贩以及小店面，整个街道破破烂烂的。

X 在小街上走了一圈，挑了一个面相忠厚的小伙子，问，这里有没有人要汽车发动机？话刚一出口呼啦一下围上来了一群人，有的问是什么发动机？有的问什么价格？还有人问发动机是好的还是坏的？有两个人急不可耐地表态，我要了，给我。生怕慢了被别人抢了去。

X 没料到一台发动机在这里会如此抢手，细细一想也挺合理，眼前这些人连废品都要，何况一台能正常工作的发动机呢！就在 X 和一干小贩讨价还价之际，一个秃顶男人突然闯进人群，一把抓住 X 就往外拽。来人的手劲很大，X 被他拽得一趔趄，蹬蹬蹬地被他拽走了。其他人就喊，哑巴你干什么？这笔生意是我们先谈的。

秃顶男人也不理会，一直把 X 拽出了人群后才松开，然后搓着双手满脸堆笑地看着他。

X 揉了揉手腕,问,你拽我到这儿干吗?

秃顶男人嗯嗯呀呀地开始说话,并不停地比画着各种手势。X 立刻明白了,这人是个哑巴。他问哑巴,你想买我的发动机?

哑巴嗯呀啊地直点头,一双小眼睛光亮异常。

X 说,本来一台发动机卖给你或者卖给其他人无所谓,可你这样我们怎么谈呢?我还是另外找人吧!说完抬腿要走。

哑巴再次抓住了他。一只手从口袋里掏出一个手机,指着手机嗯呀嗯呀地又是一通胡言乱语。还把打开的手机递到 X 面前指着上面"短信"条目给他看。

X 疑惑地说,你是说用短信谈?

哑巴连连点头。

X 好奇地问,你识字吗?

哑巴急了,咿呀咿呀地连说带比画……

X 听懂了,说,好好,别生气了,我向你道歉!

经过一番交流后,X 最终确定了这位秃顶买家。原因并不在于对方的秃顶,还在于他是一个哑巴。X 深知自己正在进行的是一桩非常的交易,其中蕴含着的风险不言而喻。倘若在交易的过程中不幸发生了某种变故,领导或者警察抓到了这位买家,即便严刑拷打也问不出什么来的——毕竟是个哑巴。就算领导和警察,也没能力从一个哑巴嘴里撬出一句实话来的——谎话更不可能。选择哑巴就是为自己选择了一份安全保障。哑巴对于 X 最终选择自己很高兴,希望立刻交易。X 没理他,要了他的手机号码,让他等通知。

吹口哨的发动机

哑巴问，要等多久？

X：说不准。也许一两天，也许一两个星期，也许一两个小时。老恰恰地拍了拍哑巴的肩膀，你就别操心了，等着就是了。

X回到厂里，车队队长手里夹着一根未点燃的香烟，黑着脸在等着他了。一见面便劈头盖脸地一顿训斥，一上午都没见你人影，你跑哪儿去了？那台发动机你到底能不能修？不能修赶紧换人。

X赔着笑脸说，队长，你别急呀！我上午专门出去请教隔壁厂的一位老师傅，现在基本上已经确定了故障原因，你再给我两天的时间，我保证把它修好。

车队队长狐疑地问，真的假的？

X：如果两天内修不好，这个月的工资我一分不拿。

这可是你说的！队长的神情缓和下来，一抬胳膊将手中的那根烟笔直地扔给了X。X下意识伸出双手，那根香烟在他手掌间短促地弹了两下才接住。队长看看手表，快吃饭了。下午你抓紧点时间吧！

队长走了。X守着发动机又发了一会儿呆。尽管买家顺利敲定，各种铺垫和善后也已经落实，接下去如何进行仍然障碍重重。

首先X不可能把哑巴带来车队，按传统方式一手交钱一手交货地完成这桩交易——如此等同于找死。他唯一可能的选择，只能是偷偷把这台发动机运出去，在工厂之外的某个地点与哑巴交易，譬如某个暗淡光线下小公园门口，或者某个大街的拐角。

如此一来，新的问题随即突显，这毕竟是一台发动机，而不是一架纸飞机，你折叠一下塞在衣兜儿里随随便便地就带出去了。如何将这台近五六百斤重的发动机偷运出去便成为最大的难题。

首先这台发动机体型庞大，想运出去的话，必须要借助某种运载工具，靠个人肩扛手提肯定不行。当然，X也可以从外面租个车来把发动机拖出去，但是外面的车进出厂区都要经过门卫的检查，这显然也是一种不靠谱的假设……X绞尽脑汁也想不出一个恰当的方法。于是，中午的下班铃就响了，同事们三三两两端着饭盒饭盆涌向食堂。

等X赶到食堂，各个打菜的窗口都已经排了好长的队。X随便找了一个队站下了。站下后发现自己前面的人是小贵州，他想到了早上老徐说的事情，尽管自己和老徐女儿没发生过什么，不过知道眼前这个人与她之间的瓜葛还是觉得不舒服，就想换个队伍。

这时窗口打菜的胖师傅发现了小贵州，从小窗口中探出头招呼，魔术师来了！过来，过来！对排在前面的人打招呼，让一下，让魔术师过来！

小贵州还以为有什么好事，兴冲冲地走上前。胖师傅一把抓过他手中的瓷盆，想吃什么？

小贵州说，要一份红烧肉和一份烧茄子。

胖师傅将瓷盆往窗台上一放，先给我们表演一段魔术吧！转脸朝大伙儿，大家说怎么样？

众人一条声地叫好，一看这边有热闹，排在另外两个窗口的人也开始朝这边涌来。小贵州却不肯就范，对胖师傅说，我今天没有准备，明天吧！明天我带一副牌来，给你变一个扑克牌的魔术。

胖师傅也不打话，从围裙口袋里掏出一副扑克牌，从小窗口里

吹口哨的发动机

递出来,我就知道你会有这招数。

小贵州还是有点犹豫,周围的人就说,来一段吧!来一段吧!

小贵州没辙了。抓过牌潦草地洗了一下,让胖师傅从中随便抽了一张,是一张方块8。小贵州说你不用告诉我是什么牌,让大家也看一下吧!胖师傅便将牌向大家展示了一下,其间小贵州将头扭向一侧。等大家看了牌之后,他让胖师傅再把那张牌插入整副牌中,抓起牌又洗了两三遍后,微笑着把手中的一副牌摊开在大师傅面前,说,请你把刚才那张牌找出来。大师傅仔细翻看一番没找到那张牌,说,不在了。

小贵州两手叭地一拍,呼地朝手中吹了一口气,好了,我现在已经把那张牌放到你口袋里了。

大师傅下意识地伸手摸口袋,衣服口袋还没摸踏实立即又去摸裤子口袋,手忙脚乱的,摸了一圈最后发现围裙口袋里多了一张卡片式的块状物,掏出一看赫然正是那张方块8。

围观的人群爆发出一阵欢呼,拼命鼓掌,还有的人用筷子敲打着碗盆,叮叮当当的。胖师傅更是一脸灿烂,笑呵呵地拿起小贵州的碗,执起长柄勺狠狠舀了一大勺子红烧肉,一下便将碗填满了,顺势将碗推到小贵州面前,今天不收钱,我请客!

众人又是一阵欢呼。

小贵州表演时,X就站在他身后。X以前看过小贵州的表演,小贵州会让别人先抽一张牌看一下,然后将这张牌混入整副牌中,再准确地将那张牌找出来……小贵州表演的开始部分与以往如出一辙,X以为又是老一套,心中很是不屑,觉得这种小把戏只能骗骗那些没脑子的人。但是小贵州接下去的变化却让 X 目瞪口呆了，他不仅准确地找出了那张牌，还将这张牌于众目睽睽之下悄无声息地转移到了胖师傅的围裙口袋里。看到这一幕时，X 被触动了，全身呼地涌出一身汗，一颗心紧张地怦怦直跳，似乎长久在黑暗中摸索的行人瞥见了一丝光明……

结尾部分的这一点改变对于整套魔术而言，无疑具有革命性的意义，让 X 震撼的并不是魔术本身，而是另外的一些什么。究竟是什么却又不甚具体和清晰，唯一知道的是眼前这个人对自己具有异乎寻常的重要性。

打完饭后，小贵州并没有在食堂里用餐，端着两盆饭菜走了。又等了三五个人之后便轮到了 X。大师傅执着长勺问 X，今天想吃点什么？

X 若有所思地看了看小黑板上的菜单，嘴巴张了张，扭头走了。

大师傅愕然地追着他的背影看了半天，骂了一句，神经病！朝后面喊道，下一个。

X 怅然若失地走在路上，中午时分，阳光火辣辣的，照在人身上有一种轻微的灼痛感。X 脑袋也晕乎乎的，像一锅糨糊被火慢煮……

走到钢筋车间时，X 迎面撞上了一对男女在打架，赫然正是小贵州和老徐的女儿唐元红。事实上，X 是先看见了小贵州开的那辆大卡车，接着才看清打架的人。那辆卡车停在路中央，驾驶室的两边车门敞开着，小贵州一蹦一跳地绕着汽车转圈子，唐元红在后面紧追不舍。唐元红有点胖，跑起来腰身乱颤、气喘吁吁……

吹口哨的发动机

看见汽车的瞬间 X 心中豁然开朗，他终于知道了自己内心的期待，那就是一辆本厂的汽车。仅仅是一辆本厂的汽车就可以将那台发动机运出厂去了。

可果真如此吗？除此之外是否还有别的什么？此时的 X 来不及多想，快步向两个人走过去，嘴里大叫一声，你们在干吗？

小贵州看看 X，似乎很犹豫——他与 X 毕竟不熟，可不住逼近的唐元红让他的一颗心怯了，吱溜一声躲到了 X 身后。躲到 X 身后的小贵州有了依仗，指着唐元红，她打人。

疾扑而至的唐元红看到 X 也怔了一下，似乎想在外人面前给自己也给小贵州留点面子，一听小贵州的话顿时怒火中烧，抢前两步，伸出一只胳膊绕过 X 就去抓小贵州。

小贵州机灵地一闪，避向了另外一侧。唐元红伸手再抓，小贵州又避向另外一侧。两个人隔着 X 玩起了老鹰捉小鸡的游戏。X 被两个人前推后搡地站都站不稳了。他用一只胳膊架住面前的唐元红，你们究竟为什么呀？

唐元红余怒未消地指着小贵州，这个败家子竟然抽起了"中华"烟，一个月就拿那么点工资还抽这么贵的香烟！

X 说，他抽他的烟跟你有什么关系？

唐元红：我是他女朋友，当然要管。

小贵州躲在 X 身后喊，她不是我女朋友。

X 疑惑地看看两人，你们到底是不是那种……什么关系？

唐元红：是。

小贵州：不是。

X对唐元红说，你有什么证据说他是你男朋友？

唐元红：上个星期他……他摸过我大腿。

X扭过脸看小贵州。小贵州急得脸色绯红，那是误会。那天下午她说要跟我的车进城办点事，我就让她上了车。当时她坐在副驾驶的位置上，我右手挂排挡的时候不小心碰到她的腿，这一个多星期她就一直缠着我，口口声声说被我摸过了，要我对她负责，让我跟她去见老徐。

X听了直想笑，但是忍住了。现在可不是笑的时候。他板着面孔义正词严地对唐元红说，人家不小心碰到你一下，你就这么不依不饶的，有这么讹人的吗？

唐元红：我就讹他关你屁事！

X：你再这样我揍你。

唐元红：你敢！

X看看唐元红果然没敢动。眼前的唐元红壮得像头牛，以他身手加上小贵州还真未必打得过。但是为了心中的计划，他也不能就此罢手，心一横，张嘴说道，你是不是没人要急疯了，随便抓一个男的就讹呀！

果然，本来气势汹汹唐元红一下被戳到痛处，身形停下了，咬着嘴唇，眼神恶毒地盯着X，眼圈一红，掉头走了。

小贵州看着唐元红的背影心有余悸地说，这女的可真难缠。

X老气横秋地拍了拍他，她以后不会再纠缠你了！你忙吧！我走了。

小贵州：谢谢你！

吹口哨的发动机

X朝他挥了挥手,走了。刚走出两步又转过头装着刚想起什么似的对小贵州说,对了,能请你帮个忙吗?

小贵州:你尽管说!

下午下班后能用你的车帮忙拖个货吗?

工厂里经常会有工人请某个驾驶员私自拖点货什么的,对X的请求小贵州一点都没犹豫,那还不一句话。

X:你不想知道拖的是什么?

小贵州:拖什么都无所谓。

X:那行。下班后我在车队等你。

回到车队后,X立刻用手机给哑巴发了一条信息,通知他下午六点钟准时到黄泥岗附近的小公园门口交易。两个人后来又就价格谈了很久,X要价一千五,哑巴坚持要看了实物后再确定价格,这一通短信嘀嘀嘀地来回反复了十多次,X最后无奈同意了。接着X又跟仝芝林联系了一下,告知了行动时间。

接下去的这一个下午对于X而言极其难熬,他像热锅上的蚂蚁坐卧不安,隔不了一会儿便要绕着发动机走上一圈,然后坐下来不停地掏出手机看时间,时间却像停滞了一般,很久很久才嘀嗒的一秒过去,X觉得自己穷尽一生也等不来下班的时间了……

下班的时间终于在下午五点准时被一串铃声敲响,铃声响起的瞬间X呼地喘了一口长气。工人们停下手中的工作,收拾工具洗手换衣服忙了一会儿后陆续走了。最后离开的两个工人路过X身边时还招呼了一声,快走吧!

X说,马上就好,你们先走。

工人散尽之后，喧闹了一天的工厂沉寂下来。X立刻行动起来，他将发动机从工作间一点一点地挪到门外。发动机太沉，短短的一段距离累得他一身汗。刚挪到门口，小贵州开着卡车来了。车一停稳小贵州跳下驾驶室问，东西呢？

X的眼睛看着脚下的发动机。

小贵州疑惑地问，拖它干吗？你要把它送到哪里去？

X佯装轻松，这事等会儿再说，先帮忙把它抬上去吧。

小贵州也没多话，绕到车后打开车厢挡板，两个人合力将发动机抬上了车厢……

小贵州驾车出厂门时遇到点周折。看门的刘师傅似乎跟小贵州关系不错，拦下车子跟他说了一会儿话，意思是下个月他孙子满月，想请小贵州去喝满月酒，希望他能在生日现场表演一段魔术。X心中有鬼，两个人说话时他在一旁坐卧不安的，老刘注意到他了，客气地也向X发出了邀请，你也一块儿去啊！

出了厂门后车子开始加速，汽车飞快向前，车窗外的景色书页一般地急促翻动，还有道路两侧被遗漏一般的行人……随着车速不住加快，X心情逐渐沉重起来，不快乐也不沮丧，只对不住翻滚而至的前方有一种不知深浅的惶恐。前方究竟蕴含着什么样的人生呢？

在想什么？小贵州没察觉到X的情绪，随口问了一句。

X说，没什么。调整了一下坐姿，没话找话地说，你跟老刘关系不一般啊！他孙子满月都请你。

小贵州：你不知道。教我魔术的师傅是老刘的一个远房亲戚，

吹口哨的发动机

关系自然不一般。

X：你怎么会突然学起魔术来的？

小贵州：我打小就喜欢魔术，觉得特别神奇。不怕你笑话，我小时候以为变魔术的人都是神仙呢！上班以后碰巧认识了市杂技团的一位魔术演员，就跟着学了。一开始只是一种爱好，学了之后才发现魔术也是对抗现实的一种手段。我原来只是一名装卸工，从一开始就不喜欢那个工作，想过各种办法要换工种，可根本没人理你。说起来不怕丢人，有一年过春节，我拎着两瓶"茅台"去给厂长送礼。厂长连门都没开，还把我狠狠骂了一顿。我以为这辈子会死在装卸部了，可没想到最后是魔术把我给救了。以前从没人搭理我，现在走到哪里都有人过来套近乎……小贵州扭头看了看X，你以前是不是也特别看不起我？

X：怎么可能！

小贵州：那两年多你都没跟我说过一句话。

X嘻嘻一笑，我没和你说话的原因是你从不跟我说话。

小贵州：瞎说！有一次早晨上班你去开水房打开水，当时我排在你前面，我让你先打了，你打了水就走，正眼都不看我一下。

X：有这事？

小贵州：有。

X：那我的确有点不是东西。

小贵州扑哧乐了，有你这么夸自己的吗？

X岔开话题说，学点魔术挺好的。以后有机会你可以去上海了。

小贵州：你什么意思啊！魔术和上海有什么关系？

X：听说现在上海的女的特别喜欢魔术，见到一个变魔术的男的立刻就不行了。上海的一些准丈母娘对姑爷的要求也改了，一般不要求必须有婚房了，只要姑爷会变两手魔术就行了。

小贵州哈哈大笑，你这是夸上海人呢还是骂上海人？

X谄媚地说，反正我觉得你挺牛的，以后没准能参加区里的职工会演。

小贵州：你也太小看我了吧！我学得都是一流的魔术，职工会演的舞台对我来说小了点。

X：那你想去哪里的舞台？

小贵州：说出来吓死你！

X笑着说，就你？

小贵州：你还别不信！我告诉你，我的目标是中央电视台的春节联欢晚会。

X果然被吓到了，腾地从座位坐直了身体，你说什么？

小贵州：我的目标是上"春晚"。

X伸手探了探小贵州的脑门，你发烧说胡话了吧！

紧握方向盘的小贵州腾出一只胳膊掸开了X的手。这不是胡话，是人生目标。摇头晃脑地模仿着某个伟人的腔调说，我们的目标一定可以实现！我们的目标一定能够实现！

两个人哈哈大笑，行驶中的汽车碾过路面上的一个小坑，车身幅度很大地颠簸了一下。过了一会儿小贵州忽然问，对了！发动机是怎么一回事？你要把它拖到哪里去？

X极其不适地在座位上扭动起身体，连续调整多次才坐实下来，

吹口哨的发动机

吞吞吐吐地把整件事情跟小贵州说了。小贵州听了后吓得吱地踩下了刹车，车子停下了。小贵州吃惊地问，你说的是真的还是开玩笑？

X神情郑重地说，是真的。你是我的好朋友，我不能骗你。现在事情你也知道了，你可以去报告公安局，也可以帮忙把发动机送到收货人那里。当然，你也可以原路返回把发动机再拖回车队，就当什么事情都没发生过。反正无论你选择什么我都不会怪你！

小贵州：除了把它卖掉就没有别的什么办法了？譬如我们花钱从外面请一些技术高的修理工来帮忙把故障修好……

X摇头，没有时间了。看看小贵州，还是那句话，你可以选择继续也可以选择其他两项。

小贵州面无表情沉吟了片刻，扭头朝X笑了笑，一推排挡一踏离合器，呼地将车子向前驶去。

等他们赶到约定的地点，远远地看见哑巴正在路边手持着手机打电话，眼睛还警惕地四处张望着。坐在副驾驶座位上的X指着哑巴对小贵州说，就是那个人，开过去。

小贵州看了一眼哑巴，问X，你联系的人就是他？

X说，是的。

小贵州犹豫不决地说，我感觉这人有点不对劲。

X问，什么地方不对劲？

小贵州：我说不上来。

X说，你就放心吧！他是哑巴。

小贵州吱的一声踩下了刹车，惊恐地说，你说什么？

059

X：怎么了？他是哑巴呀！

小贵州：胡说八道！你看到他这会儿在干什么了吗？

经小贵州提醒X才发现哑巴是在打电话。哑巴将手机贴在耳旁，两片嘴唇不停地上下动弹着。X懵了，自言自语地道，怎么回事？哑巴怎么还能打电话？

小贵州：这个家伙肯定有问题。你别是遇到"钓鱼"了吧！

X：什么是"钓鱼"？

小贵州：就是一个人本来没有想干违法的事情，但是在冒充成普通人的某个执法人员的引诱和勾引之下干了，这就是"钓鱼"。

X：你怎么知道的？

小贵州：我们成天在外面跑，这事遇到的多了。年前有一次出车遇到大雨天，一个路人要搭我的车，说是急着赶火车，我就让他上了车。他一上车就往我手里塞了一百块钱，车子还没开两步就被一辆交管局执法车给拦下了，非说我违规载客营运，罚了我五百块钱……我们还是走吧，随便找个地方把它扔了也是一样。

尽管发现哑巴身上的种种怪异之处，但是X并不想就此打住，对小贵州说，再等等看吧！

小贵州却没有耐心再等下去了，他对X说，现在情况很明显，一个哑巴突然张嘴说话，无论是什么原因都不是好兆头。我们在这儿再等多久也不可能让他变回到不会说话的状态了。现在走还来得及……小贵州果断地一打方向盘就地掉了个头，一踩油门走了。

X嘴张了张，扭头再看一眼哑巴……

后来的事实证明，小贵州的判断没错，如果他们那天就此离

吹口哨的发动机

开,后来的一切或许就不会发生,可是在他们刚走出没多远,X的手机响了,正是哑巴打来的。此前 X 和哑巴联系都是通过手机短信,两个人从没有直接通过话,所以哑巴打来电话的瞬间,X 不知道究竟接还是不接了。

小贵州问,是谁的电话?你怎么不接?

X:是哑巴。

小贵州也好奇起来,一边放缓速度一边说,你倒是接呀!看他能说什么?

X 心一横摁下了接听键,然后就听见哑巴在手机中喊,怎么搞的,我都等了好半天了,你怎么还没到?

小贵州在一旁小声问,他说什么?

X 小声说,他问我们怎么还没到。

小贵州:你问他怎么会说话?

X:你怎么突然说话了?话筒里叽叽歪歪地说了一串什么,X 捂住话筒对小贵州,他说他原先是装哑巴,他并不是真的哑巴。

小贵州:问他为什么要装哑巴?

X 再问哑巴,你为什么要装哑巴?听了对方的一番回答后再复述给小贵州,他说他们这行竞争很激烈,但是对残疾人很照顾,遇到一笔生意时都会照顾给他先做。

最后哑巴问 X,你到底什么时候能到?

X 这时疑虑尽消也没有征求小贵州的意见张嘴说道,我马上就到,你等着。掐了电话对小贵州,回头吧!虚惊一场。

小贵州依然疑虑重重,我总觉得有点不对劲。

X 说，没事，有事我负责。

小贵州犹豫再三，出于友情的力量硬着头皮将汽车掉过头重新开了回去。

车刚一停下，哑巴便热情地迎上来。你们是不是刚才来过。我看到过这辆车，远远地停了一下，又掉头开走了。他的嗓音有一种铿锵的金属声，具备这种声音的人居然甘心埋头做一个哑巴，这让 X 为之亏得慌。

X 一只胳膊架在车窗上轻松地说，刚才看见你在打电话，可把我们吓坏了，还以为你是警察派来"钓鱼"的！

哑巴嘿嘿一笑，问，货带来了吗？

X 朝身后车厢上努了努嘴，自己上去看吧！

哑巴快乐应了一声，好咧！绕过驾驶室就朝车厢后面走。一直端坐在驾驶座位上的小贵州突然问了一句，你就这么来的？

哑巴：是啊！怎么了？

小贵州：既然要买发动机，怎么着也得有个三轮车什么的吧！不然买了之后你怎么拖走呢？

哑巴一愣，眼睛连续眨动，脸上的某块肌肉还难过地抽动了两下，迅即恢复了平静，说，我跟一个朋友说好了，一会儿他开车来接我。挥了挥手说，时间不早了，我先验个货。不容小贵州再说话，哑巴抬脚走到车厢后面去了。

小贵州从倒车镜里一路追逐着他的身影，咬了咬嘴唇，伸手拉开车门跟了下去。哑巴已经先他一步爬上车厢了，小贵州紧随着他也爬上了车厢。

吹口哨的发动机

　　车厢的一侧角落里躺着一台赤裸的发动机，旁边还有一个破草垫。哑巴站在发动机前看了看，还无聊地用脚踢了踢发动机机身。

　　这是什么车型的发动机？哑巴问了小贵州一句。

　　小贵州：就是我们现在开的这种卡车。

　　发动机能正常工作吗？

　　小贵州：没有任何问题。成色你也能看出来，是一年前刚买的新车。

　　哑巴：既然是一台能正常工作的发动机，你们干吗要卖呢？卖了之后那辆车不就没用了？

　　小贵州：这是我们自己的事情，跟你没关系。你到底买不买？

　　哑巴扭头看看小贵州，突然迅速地从车厢下去了。他似乎不喜欢面对小贵州。从车厢上下来后，哑巴径直走到站在副驾驶一侧的X身前，递上两张钞票。你的货我要了，先把钱给你。

　　价还没谈呢怎么就给钱？看着哑巴手上的两三张钞票，X不无调侃地说，这点钱恐怕也不够吧！

　　哑巴说，这是定金，你先拿着我们再谈价。

　　X动心了，伸手就要接。车厢上的小贵州探头大叫了一声，不能收钱。X下意识地一缩手，哑巴却强行把钱往X手中一塞。就在钱被塞到手中的一刹那，三五个人影斜刺里冲出——X都没看清这些人是藏在哪里的——其中一个从后面将X肩膀一按，一按之下迅速下移拍了一下X的腰部，似乎想查看一下腰部有没有别着刀子或者枪什么的，一拍之下再次按住了X的双肩。

　　纯粹出于一种自然的反应，X肩膀一抖，想把来人双手抖落，却没抖动。按在肩膀上双手犹如两把铁闸，压得X力道尽失……身后的人说了一声，不许动！我们是警察。X脑子里像被人一连灌了三大茶缸糨糊，嗡的一声顿时一片空白。

哑巴还在大呼小叫地招呼着另外的两三个警察，快，车厢上面还有一个他的同伙，赃物也在上面。其中的两个警察迅速地向车厢移动。

X瞬间反应过来，张嘴朝车厢上的小贵州大叫，快跑！

但是晚了。三个警察迅速围拢到车厢周围，将小贵州可能的逃跑之路封锁完成。两个警察从两侧爬上车厢，迅速控制住了小贵州。然后在车厢里搜寻了一番，没找到哑巴所称的"赃物"，一个人便朝哑巴喊，发动机在哪儿呢？怎么没有？

哑巴仰着脑袋，不就在上面嘛！说着手脚并用也爬上了车厢，上了车厢后立刻惊愕地愣住了，车厢上除了两个警察和小贵州之外空空如也，只有一个破草垫子。一两分钟之前还在的那台发动机已经不翼而飞了。哑巴揉了揉眼睛，又揉了揉。

车厢上的变故也让X感到疑惑，他不住地朝车厢上看，无意中与小贵州的视线相遇了。小贵州朝他眨了眨眼睛，顽皮地一笑。X立刻反应过来，这几个警察在车厢上没找到作为赃物的那台发动机。尽管X并不知道发动机究竟是如何消失不见的，但是肯定与小贵州有关，只与小贵州有关。于是他也笑了……

就这样，那台发动机在警察突然出现的瞬间，如一团空气似的凭空而逝了，踪迹全无。几个警察伙同一个（假）哑巴车上车下搜寻了很久，最后有一个警察还猫着腰钻到车底下搜寻了半天，终无

吹口哨的发动机

所获。

恼羞成怒的一干警察最终将 X 和小贵州带到附近派出所审讯了一天一夜，X 和小贵州一口咬定，根本就没有什么发动机，他们也不知道哑巴为什么要诬陷自己。因为缺失证物——发动机，在被关押了 24 小时之后，警察将 X 和小贵州放了。

哑巴一手导演的"钓鱼"行动就此宣告破产，X 的麻烦却由此展开。发动机是在一干警察从天而降的瞬间突兀消失的，没给警察留下任何称手的把柄，这让 X 幸运地逃过了一劫。

但是此事过后发动机却也没能再回来，于是问题来了，一台价值十多万或数十万的汽车发动机在故障修理过程中不见了，厂里不可能像丢了两颗螺丝一样无动于衷，而且整件事可以确定与负责修理的 X 脱不了干系。其中另外一个关键处是，当初答应 X 帮助设置和布置发动机被盗现场的仝芝林并未兑现承诺，在收到 X 短信通知后却按兵不动，因此对案件追查可能形成的有效干扰，以及对 X 可能的掩护都不存在，直接将 X 赤裸裸地暴露在枪口下了——无论谁的枪口。

接下去的两个月的时间，厂部综合车队的一干大小领导轮番上阵，对 X 进行了不间断的审查，希望他能认清形势，主动交出发动机以便争取宽大处理。可是 X 既交不出发动机，也无力给出稍微合理一点的解释。他唯一确定的是此番变故与小贵州有关，但是小贵州是他请来帮忙的，他不可能过河拆桥地供出小贵州，何况自己现在还没完全过河呢，最多是在河中间。

还有一个事实是，从警察局出来后，小贵州就不再理睬 X 了。

X多次想找机会和小贵州说说话——他们之间有太多的话可以说了，可是只要他稍稍靠近，小贵州立刻抽身而去，不给他任何搭话的机会。终于有一次上厕所时，两个人不期而遇了。当时厕所没有其他人，X把小贵州堵在厕所里，追问发动机究竟在哪儿。

小贵州一开始还佯装无辜，你说什么呀？我怎么听不懂啊！

X实在忍不住，长久以来的委屈、愤懑瞬间爆发了，鼻子一酸，蹲在臭烘烘的厕所里号啕大哭。最后小贵州动了恻隐之心，压低声音说，如果现在交出发动机，我们俩都得完蛋。说完拔腿走了。

X后来的日子难过，厂里对他的态度越来越严厉。有一个多星期的时间，他被关在厂部五楼的一间办公室里，每天有三拨人24小时轮番和他谈话。

这些人不打他不骂他，只一个劲儿地和他说话；他也可以吃饭、抽烟、上厕所，就是不给睡觉……到了第三天的凌晨时，承受不住压力的X趁面前的三个人不注意，腾地起身冲到窗户前想纵身跃下……

自始至终X都没有供出小贵州，一方面是出于对事情败露后所带来的牢狱之灾的担心，另一方面一定有一份友情的支撑。即便后来被厂里开除，X也没提过小贵州一句。

在X遭到审查的这段时间，小贵州却安然无恙，经历了一两次的简单问话之后就回车队正常上班了。

两个月审查无果而终，厂部最后以遗失公共财物之名将X开除了。

离开工厂的那天还出现了一个意外。

吹口哨的发动机

X刚走到大门口，被闻讯而至的唐元红追上了。那天唐元红抱着X哭得上气不接下气，像刚结婚的小媳妇送别即将被押上刑场的丈夫。哭得X先是莫名其妙，然后就被触动了某种情绪，和唐元红抱头痛哭……

被厂里开除后，X和小贵州通过两次电话，两个人都说等过一阵找个机会聚一聚。一个月后，X再和小贵州联系时，发现他的手机已经停机了，那个号码再也没打通过。X就此与小贵州失联。

失去工作后的X在现实中苦苦挣扎。他后来从事过多种职业，做过保安、卖过楼房、开过网站、考过公务员（未遂）、还远赴广西误入传销组织。当时的X远在异乡，举目无亲、身无分文、饥饿难耐，连乞讨的心都有了，就是张不开嘴、伸不出手。也活该他挨饿！

就在他被饿得奄奄一息时，一个在街头摆摊算命的瞎子分给了他两个包子。他就此跟上了瞎子，每天陪着瞎子在大街上讨生活，并在暗中揣摩、消化、记忆着瞎子招徕和对付顾客的种种技巧招数。

两个月后他自立门户，也在大街上摆摊给人算起命来。算命这种事看似玄妙，其实简单。男人多为求财，女人多为感情，老人则为多活几年。遇到未婚者，X就说对方的身边有一个异性在暗恋他；遇到已婚者，就说对方心里其实还想着另外一个人。凭借这么些年来的口舌训练——毕竟卖过保险，具备了见人说人话、见鬼说鬼话的非凡能力，常常一句话便能令顾客笑翻，再一句话又把对方说得泣不成声……

X就是靠着一张一合的嘴唇一路从南宁回到了K城。在南宁的最后一缕光线下，他还意外挣到了一个老婆。她是南宁当地的一位高考落榜女。

那天下午，她闲极无聊在大街上闲逛，无意中在百货大楼前看到X在滔滔不绝地给人算命。她被X身上洋溢着的陌生气息或者是陌生的方言（X说一口K城方言）迷住了，舍弃家乡和X一起回到了K城。一年后，两人有了一个女儿。X后来在一个亲戚开的私营公司找了一份工作，收入一般，生活勉强。

当生活不那么紧张的间隙，X偶尔也会想起小贵州，想起那天在卡车车厢上不翼而飞的发动机——吹口哨的发动机。

一天晚上吃过晚饭后，X坐在沙发上看电视。中央电视台新推出了一档《我要上春晚》节目，据称优秀表演者将有机会直接登上中央电视台的春节联欢晚会舞台。不知是不是因为这个原因，节目开播以来吸引了无数的民间表演者。

这期节目最先上台表演的是一位农民歌唱演员，老实说，他唱功一般，现场的效果却很好。第二位表演的是一个杂技节目，X看得很是无趣。他的尿急了，起身准备上卫生间，这时第三个节目开始了。主持人介绍说下面这位表演者是一位来自工厂的魔术爱好者，他今天要为大家表演一个奇妙的魔术节目。一听说是魔术节目，X来了兴致，尿也不撒了，重新坐下等着看节目。在现场观众掌声和欢呼声中，一个身穿黑色表演服的魔术演员出场了。看见他的一刹那X惊呆了，新上场的表演者赫然是X以前的同事小贵州。十多年过去了，小贵州几乎没有变化，除了身体微微发福，面容则

吹口哨的发动机

一如从前般的稚嫩，时间仿佛将他遗漏了，或者他正经历着另一场魔术……

主持人问小贵州，你今天要给大家表演什么节目？

小贵州说，我是一名工人，我今天表演的节目是我根据工厂的生活创作编排的一出魔术，名叫"吹口哨的发动机"……

等待戈多

一连几天没一辆汽车出故障，修理工们很悠闲，每天一上班就聚在一块儿玩麻将。因为害怕被领导撞上，他们派海啊在门口放哨。在所有的修理工当中，海啊年纪最小，进单位的时间最晚，因此资历最浅。每个人都可以对海啊发号施令，而且玩牌的人当中有他的师傅。工厂里有一句话叫一日为师终身为父，所以无论从哪方面衡量，海啊都是岗哨的唯一合适人选。

当其他的修理工聚在某个小房间里吆五喝六地玩着麻将时，可怜的海啊只能搬一张椅子坐在门口看书，顺便放哨。看见有敌人（领导）出现，海啊就进来报告。

已经是深秋季节，室外的温度与室内相差很大，海啊坐在椅子上没看上两行字，就要站起来活动活动。这一天上午，海啊像往常一样坐在一个风吹不到的角落，有眼无心地读着一本金庸的小说。

吹口哨的发动机

这时从车队下面开上来了一辆卡车。海啊以为是来报修的，心中窃喜。车子停下后他跑上去问驾驶员："怎么了？哪儿出故障了？"一脸的幸灾乐祸。

驾驶员是小郭，听见海啊问就说："没什么，我要找一个轮胎螺栓，昨天跑长途跑丢了一个。"

海啊顿时没了兴趣，慢吞吞地又坐回到椅子上捧起了书。

小郭在一堆螺栓里翻拣着，海啊无意中发现他胸前别着一枚白底红字的小牌牌，仔细一瞧是一枚校徽，上面是"南京大学"四个字。"你从哪儿弄的？"他伸手摸了摸，问小郭。

小郭说："拣的，在南大拣的。"

海啊说："你又不像大学生，戴着浪费了，给我吧！"

小郭躲开了他的手，说："谁说我不像大学生？昨天晚上我去曙光看电影，有个女的追前跟后，问我是南大哪个系的，非要跟我交朋友，我死活没答应。"

海啊说："你使劲吹吧！"

小郭说："你如果不信我也没办法。"说话间终于找到了一个螺栓，用一团棉纱擦拭了两下就拧到了车子上。他一边上着螺栓，一边问海啊："大冷天的你怎么一个人坐在外面呀？屋里不是挺暖和的！"

海啊张开嘴，百无聊赖地打了一个可有可无的哈欠，说："没什么，我喜欢坐在外面。"

小郭疑惑地看了他一眼，突然反应过来，说："他们又玩麻将了？"

海啊一愣,脱口问道:"你怎么知道?"

小郭说:"这是老规矩了,厂里没人不知道。修理工嘛!车子不坏谁也管不了他们。"

海啊问:"那厂领导也知道?"

小郭说:"那当然,只不过领导一般睁一只眼闭一只眼罢了。"

海啊有点生气了,说:"既然这样,他们干吗还要我放哨?这不是脱裤子放屁吗?"

小郭说:"这你就不懂了,领导知道归知道,但是表面文章还是要做的。在外面设个岗是让领导感觉大家还是挺尊敬他的,如果里面玩牌,外面连个岗哨都没有,领导会觉得工人太目中无人了,也显得自己挺没面子的。"

海啊想想觉得也有道理,但是心中依然觉得没必要。歇了一会儿他问小郭:"今天你们送哪儿?"

小郭说:"大学。南大。"说着话,小郭把螺栓上好了,然后坐到驾驶室里发动了汽车,一踩油门开跑了。车子开了一半又突然停下来,他从驾驶室里伸出脑袋对海啊说:"你没事跟我出去跑一趟吧!"

海啊说:"好啊!"从椅子上跳起来跑过去,拉开车门钻进驾驶室,然后汽车就开跑了,原来的地方只留下了一张椅子。

今天送的货是水泥预制板。小郭先把车子开到现场装好货,领了送货单,带着海啊驶出了厂门。车子刚一出门,小郭就开始提速,发动机急促地转动,嗡嗡的响声驱动着车子在公路上飞驰,被速度划破的空气从敞开的车窗直直地刮进来,逼得驾驶室里温度短

吹口哨的发动机

暂地停顿了一下。

海啊被意外的空气呛了一下呼吸,一口气没接上,引出一阵急促的咳嗽,脸都涨红了。小郭偏过脸看了他一眼,笑了一笑,说:"你把窗户关上吧。"海啊伸手握着窗户的摇柄,将玻璃缓缓摇上去,驾驶室里便与秋天隔离了,耳朵里像被冬天捂住似的在一层沉闷的音响中下陷,怪不舒服的一种感觉。早晨的浓雾还没散尽,视线里灰蒙蒙的。海啊抬眼往驾驶座看了看,小郭两手把着方向盘,身板笔直地面朝前方。

他咂咂嘴问:"开车是不是挺上瘾的?"

小郭说:"就那么回事。以前刚学会时倒是一脑门兴趣,后来真会了也就厌了。"顿了一下说,"你是不是想开一会儿?"

海啊连忙说:"没这个意思,没这个意思。"

小郭说:"没关系的,这条路上没交警。"

海啊还是说:"算了,我一点都不会。"

小郭也没再邀请,只是说:"你应该找机会学学,修理工不会开车会让人笑话的。"

海啊说:"我天生对这事就不在行,不瞒你说,直到今天我连自行车都不会骑呢!"

汽车拐了一个弯儿之后,太阳出来了,雾气像冰雪融化似的一点点散去,阳光迎面,驾驶室里顿时暖和了许多。驾驶室前面的挡风玻璃上结了一层细小的水珠,那是已经融化的雾的果实。

海啊噘嘴吹起了口哨,是一支《骑兵进行曲》,吹了一会儿又没劲了,就跟小郭商量:"你还是把校徽送我吧。"

小郭说:"你想得美!"

海啊说:"现在真正的大学生已经不戴校徽了,你这样人家一眼就能识破你是个冒牌货。"

小郭说:"你少来这一套!我戴着不像大学生你戴着就像了?"

海啊说:"这要等让我戴上才知道。"想了想说:"要不这样吧,你把校徽借给我玩一个星期,一个星期之后我就还你!"

小郭说:"去去去!这招数是我玩剩下的,怎么也轮不到你来跟我玩。"

看小郭态度如此坚决,海啊知道再继续下去也是白搭,嘟哝了一句:"你真不够朋友!"

小郭哼了一声没说话。过了一会儿海啊忽然扑哧笑了一声,吓了小郭一跳,他骂海啊:"你毛病呀!"

海啊没在意小郭的态度,兴致勃勃地说:"我小时候听我们院里的一个大孩子说,大学里面的学生跟平常人大不一样,特别奇怪。"

这话勾起了小郭的兴趣,问海啊:"怎么奇怪了?"

海啊又咯咯咯地大笑起来,一边笑一边说:"他说……他说……大学生的屁股……后面都长着……一条尾巴……"说完话人已经笑瘫在座位上了。

小郭骂道:"尽他妈胡扯!你也真够笨的,连这话也信!"

海啊解释道:"那时候我才五岁呀,别说是一条尾巴,就是说两条三条我也会信的。"小郭想想也觉得有点意思,笑了一下,似乎回忆起自己小时候的某些趣事。

吹口哨的发动机

　　汽车又往前开了一会儿进入了市区,来往的车辆和行人陡然多了起来,行走和行驶塞满了大街。大街本身似乎都在微微移动——带着每一个人的目的,带着所有汽车的方向。多么有趣的感觉,整个城市像一艘大船似的在缓慢移动中……

　　进入市区后小郭放慢了速度,快车道上的汽车一辆咬着一辆。所有的愿望都隐藏在同一种速度下,慢到让人难以察觉,走不多远还会遇到信号灯,红灯停,绿灯行,之间还有黄灯……

　　从进入市区到最后到达南大,差不多用了二十多分钟的时间。在进入南大的大门时汽车短暂地停了一下,小郭从车窗里把一张货单递给了一个身穿制服的小伙子,才得以将汽车开进学校大门。

　　道路两旁是一排高大的梧桐树,枝叶已经枯黄,在树木的后面则是一片灌木丛,依然绿茵茵地充满了另一个季节才具有的生机。上午十点钟正是上课的时间,整个校园显得很安静,小郭像诚心与这一份安静过不去似的,一进校门便将油门踩到最大限度。随着发动机一阵剧烈的轰鸣,汽车被一种快捷的速度迅速过渡给了前方,轻易地击溃了海啊缓慢的审美理想。

　　绕过一排建筑之后,汽车完全进入了大学的内部深处,一种从未有过的情绪被校园里陌生的气氛固定,让海啊觉得就快要发生点什么了,具体是什么却来不及说出。速度使这一切变得捉摸不定,包括一闪而过的景色和沾着异样味道的情绪。

　　再接下去,前方出现了一处建筑工地。在这一刹那,那些激起海啊美好感觉的景色迅速消逝了,汽车沿着一条坎坷不平的土路朝工地逼近，小路两边散落着一些建筑材料，有木头、水泥、砖块和预制板，海啊感觉仿佛又回到了工厂。

汽车在这一处景色最深处停稳，熄火。厂里的几个装卸工随即围上来。小郭问他们："你们怎么不卸车？"

一个装卸工说："吊车坏了，已经回厂修去了。我们等你老半天了。"

小郭说："等我干什么？"

装卸工答："闲着也是闲着，我们玩一会儿牌吧。"说着绕过车头拉开了驾驶室的门，看到海啊又嚷嚷了一句："你也来了？早知道你来，吊车也不用回去了。"

海啊说："我又不是来修车的，再说吊车是老王包修的，跟其他人没关系。"

说话间三个装卸工从驾驶室的两边爬了上来。小郭开的是"龙江"货车，驾驶室比较宽大，前后有四个座位，四个座位之间是发动机，上面有一个罩盖，大得像一张桌子，就这样，五个人挤到了四个座位上。

一个装卸工从工作服里摸出一副扑克牌，问海啊："你玩不玩？"

海啊说："不来钱就玩。"

装卸工一齐嚷嚷："不来钱还有什么意思？你一边歇着去吧！"

小郭这时说："今天我没带钱，你们谁借点给我？"

装卸工又一齐嚷嚷："你小子要什么花招，牌桌上没借钱这一说。"

小郭说:"那我就不玩。"

装卸工说:"那不行!昨天你赢了我们四十多块钱,不能这么就算了。"

小郭说:"可我没带钱呀!"

装卸工相互看了一眼,就把目光一起转到海啊身上,其中一个对海啊说:"海啊,你借点钱给小郭吧!"

海啊说:"你们玩牌找我借什么钱呀?我又不是工会主席!"

装卸工说:"现在情况特殊,你就借点钱给小郭吧。要不你代替他也行,反正你们俩之间得有一个人上,要不就三缺一了。"

海啊说:"这我不管。"这时海啊又看见了小郭胸前的那枚校徽,心中一动,阴笑着说:"要我借钱也容易,得让他拿一样东西作押。"

小郭说:"我把驾驶执照押给你。"

海啊摇头说:"不,我要校徽。"

小郭说:"你还惦记着呀!"思忖了片刻咬咬牙说:"好吧,我就把校徽押给你!"说着从胸前取下了校徽,递给海啊,手伸了一半又缩回去,对海啊又说:"咱们可说好了,我还钱时你可得把校徽还我!"

海啊还没开口,身边的装卸工已经忍不住了,纷纷骂小郭:"瞧你出息的!"

小郭在一片骂声中把校徽给了海啊,然后海啊从身上掏了五十块钱给了小郭,四个人便摸起牌来。海啊在一边小心地将校徽别到衣服上,然后问小郭:"小郭,你看怎么样?像不像大学生?"

小郭抬眼扫了一下，随口说了一句："还行。"又低头看起牌来。

海啊勾着脑袋自我端详了一会儿，发觉校徽似乎有点偏，摘下来重新别了一次，最后才算满意。看着他们玩了一会儿牌，充满想象的输赢其实也不大，这让一旁观战的海啊很是没劲，于是对他们说："你们玩吧，我下去走走。"

其中一个装卸工说："你去吧去吧。"

海啊拉开车门跳到地上，随手关上了车门。

工地是整个校园里的一处尽头，再往前去似已无路可走，所以海啊落到地面上之后，第一个反应是向后走。他只微微扭了扭脑袋便洞悉了其中的秘密，掉转身体逆向而去，脚步在一条土路上轻快地弹奏着。

一连拐了两个弯之后，海啊重新落入校园的氛围之中，土路被光滑整齐的水泥路面代替，海啊的脚步也柔软了许多。经过教学楼时，正好遇到课间休息，一阵刺耳的电铃声骤然而起，在教学楼里来回地滚动，接着学生们跑出教学楼，站在台阶前三五成群地说着话，还有的学生围在小卖部前买东西。

海啊也有点饿了，爬上台阶加入了小卖部前的人群之中。排在海啊前面的是一个扎马尾的女生，马尾被一根头绳勒得高高的，脑袋一晃动，马尾就扫到了海啊的鼻子。海啊只好将头偏向一旁。

没一会儿便轮到了扎马尾的女生，她买了一个面包和一杯热气腾腾的牛奶。她一手端着牛奶一手举着面包准备出去，就在一转脸之间，一眼看见了海啊，脸色随即一变，大叫一声："是你！"端着牛奶的手一抖，杯中的牛奶便泼到了海啊的脸上。海啊被滚烫的牛奶烫得嗷嗷怪叫，手紧紧捂住了半边脸。

"马尾"慌了，她用抓着面包的左手去扯海啊捂着脸的手，焦急地问："烫着没有？疼不疼？"神情中充满了关切与疼爱。在牛奶泼到脸上的那一刹那，疼痛是绝对真实的，但是经过数秒的时间，疼痛已经逐渐减弱了，等"马尾"抓着面包的手一伸上来，海啊的脸上和心中已经只剩下甜蜜了。

为了安慰"马尾"，海啊故意朝她伸了一下舌头，并咧嘴笑了一笑。"马尾"又气又恼地搥了他一下，说："你这人怎么这么坏呀！"这个动作被周围的人看见了，几个男生一起哦哦地起哄，还拍起了巴掌。

"马尾"脸上一片羞红，拽着海啊就走："你跟我来！"

海啊由着一只手引导着向外走，一直下了台阶，来到路边的一棵大树下才停下。刚刚站定，"马尾"就朝海啊嚷嚷起来："你这几天跑哪儿去了？让人家到处找你！"说着话眼圈红了，几欲哭出来一般。

海啊却愣了，他小心翼翼地试探："我……去哪儿？"

"马尾"刚要说话，上课铃响了。听见铃声，"马尾"把剩下的牛奶和面包塞到海啊的手中，转身朝教室里跑去，跑上台阶后又回头叮嘱："下课等我！"说完倏地钻到大楼里去了。

海啊再一转眼，周围的学生已经一个不剩了。海啊一手端着牛奶一手拿着面包，心中一阵疑惑。他想不通这究竟是怎么一回事，一个扎着马尾的女生这两天一直在找自己，而自己并不认识这个女生，那么她为什么要找自己？她想干什么？

　　海啊回头又想了一下自己这两天来的经历，一直在单位里哪儿也没去，上午一般给修理组的师傅们放哨，下午就随便钻到什么地方睡上一觉，然后下班回家……应该说这两天的生活极其地规范，并无任何奇遇。如此想来，结论只有一点，那就是"马尾"认错人了，她把海啊当成了与她相识的某个人。想通了这一点，海啊便心安理得地离开了，一边走一边吃着面包，或者仰头喝一口牛奶，一会儿的工夫便把半杯牛奶和一块面包输送到肠胃里去。最后一抬手高高地抛起牛奶纸杯，人快速地走了过去，身后传来噗的一声响。

　　绕过教学楼是一片小松林，再往前走便来到了用铁丝网拦成的排球场。场地里一溜的男生，在一个三十多岁的体育教师的带领下，正在做着身体训练。一面排球网将场地一分为二，另一边的场地边有三个柳条筐，筐里盛着满满一筐的排球。

　　这时候做着身体训练的学生看见了场地外面的海啊，整齐划一的动作顿时乱了方寸，几十双眼睛齐刷刷地投向了海啊，不时还有一两个学生掉头相互说上几句什么，一脸诡谲的笑意。

　　体育老师喊了一声："停！"然后问："你们怎么回事？"

　　学生中有人指了指海啊，体育老师转过身看见了海啊，就叫："你怎么才来？已经迟到十分钟了！"

　　海啊掉头两边看了看，发现自己身边并没有人。

　　体育老师又喊："你看什么？还不快进来！"

　　海啊迟疑了一下，由不得那几十双注视的眼睛的期待，抬步走了进去，样子傻傻站到了体育老师的身边看着他。

吹口哨的发动机

体育老师说:"你看着我干什么?快回队伍里去。"

海啊就站到队伍里去了。

体育老师拍拍手说:"我们重新做一遍。"

队伍随着他的号令又操练起来。数分钟之后,身体训练结束,一些学生跑到球筐前,把排球拿出来,隔着一张球网向这一边的打过来。每一个球都带着一个发球的动作,在空中划出一道弧线落向这一边的场地,然后被这一边的学生们接住,三五成群地做起了颠球练习。

体育老师则不停地在两边来回地指导,一旦发现谁的动作不对,便把他们叫住,大概讲述一下颠球的要领,偶尔也亲自做一番示范。

海啊站在一边还在发愣,这时一只排球从对面的场地朝他飞过来,他只觉眼前一黑,脑袋"嗡"的一声被球砸中了,引得周围的人一阵讪笑。海啊捡起球,用左手托住,向上微微抛起,抡起右手将球朝网那边砸了过去。隔着球网,他看见了一个高个子学生双手使劲伸出将球高高颠起,另一个学生伸拳跃向空中轻舒身体做了一个扣球的动作,最后将球扣在了球网上,没过,又引得球网两边的学生一阵讪笑。

一个浓眉大眼的学生抱着一个排球,从球网的那一边钻过来,离得老远将球抛向了海啊。海啊很自然地伸手颠还给了对方,对方又颠给他……球场上的球影交错人语喧哗欢声一片,身陷其中的海啊忽然感到一丝惶惑。他不明白自己为什么要来到这里,究竟是什么原因使得自己落在了这样一群学生之中,并与他们一起玩起了颠球的游戏。

海啊觉得自己与这一所学校并没有什么必然的联系，他有自己的工作、自己的师傅和领导，还有自己的朋友……他想不明白。

这时候那个与海啊一起颠球的学生问他："你这几天去哪儿了，我们都挺担心的。"海啊没吱声。对方又说："昨晚辅导员来宿舍时问到你了，是李青松帮你请了假，说你送一个老乡回去，没来得及请假。你是不是送什么老乡回去的？"

海啊说："不是。"这一下球没颠准，是右胳膊触球，将球颠飞了。

那个浓眉大眼的学生跟着球飞去的方向跑了两步停下来，朝球落地的方向叫了一声，那边有个人将球踢了过来。

这个动作被体育老师看见了，又是一声呵斥："不许用脚踢！"

那个踢球的学生朝他挥了挥手。

浓眉大眼的学生弯腰从地上抱起球，跟海啊说："我们歇一会儿吧！"说着走到场地边上的一条石凳上坐了下来。

海啊刚要过去，体育老师已经在另一边朝他们喊起来："你们怎么回事？现在是上课时间！"

浓眉大眼的学生只好站起来回到场地中间，小声对海啊说："妈的，整个一工头！"海啊笑了笑，没说话。"浓眉"再次将球抛起，说："等会儿下课我们好好聊聊。"海啊颠了一下球，看了他一眼。隔了一会儿，"浓眉"又说了一遍："我们要好好聊聊！"

海啊有点害怕了，他不明白两个陌生人能聊什么？又有什么好聊的？

吹口哨的发动机

半个小时后他们下课了,体育老师把人集中到一起简短地讲了几句话就把他们放走了。海啊是和"浓眉"一起走的,一出场地就有另两个人从后面赶上来,其中一个一上来便狠狠地拍了海啊一下,说:"这两天你到哪儿去了?我们到处找你!"

海啊看着他说:"你们找我?"

那人误会了海啊的意思,以为海啊不相信他的话,说:"你还不信?"一指"浓眉",说:"不信你问吴应立!"

于是海啊知道了"浓眉"叫吴应立,他转弯抹角地又看了他们三个人半天,古怪地笑着说:"你们是不是有个同学长得挺像我的?"

三个人愣了一下,互相看了看,哗地大笑起来。

海啊说:"你们笑什么?有什么好笑的事吗?"

三个人更加放肆地大笑起来,吴应立笑得整个人都弯了,两只手抱着肚子喊"哎哟,哎——哟!"

海啊觉得很有点意思,也跟着他们笑了起来。这时候后面又跟上来几个同学,见状问:"怎么了?有什么好笑的事?"

拍海啊肩膀的那人就指着海啊说:"他……他……"咯咯咯又笑了起来。

后来的人着急地追问:"到底怎么了?到底怎么了?"等弄清楚原因,他们也跟着哈哈大笑起来,笑得海啊不知如何是好。

过了老半天这一伙学生才陆续地停住笑,吴应立说:"别闹了,我们走吧。"

海啊说:"难道你们真的认识我?"

众人又是一阵大笑,吴应立边笑边伸手搂住海啊说:"你别逗了,我们可都受不了啦!"手中一使劲搂着海啊向前走了,根本不回答海啊的问题。

一群人吵吵闹闹地往前走,拐了一个弯来到了教学楼前,于是看见了台阶下东张西望的"马尾",人群中随即响起了呜呜的怪声。吴应立搂着海啊的手也放开了,然后一个个怪模怪样地快速离开了,将海啊留给了"马尾"。

海啊看了看"马尾","马尾"也看到了他,微微笑了,然后走上前来一伸手牵住了海啊的手。海啊所有的想法顿时烟消云散,大脑一片空白。

"马尾"撒娇地嚷嚷:"我都饿死了!"

海啊说:"现在才十点多。"

"马尾"说:"十点多就不兴饿吗?"

海啊说:"那先去买点面包吧。"他想起自己刚才无端地吃了人家一块面包和一杯牛奶,心中歉疚。

"马尾"说:"算了,等会儿吃中饭吧。"

海啊便附和:"也好,等会儿去食堂多吃点。"

"马尾"不高兴了,说:"我才不去食堂呢,那里的菜难吃死了!"看了海啊一眼说:"我们还是去饭店吃吧!"说着话手还用力握了海啊的手一下。

海啊几乎是下意识地脱口说道:"不行,这不行!"

"马尾"被他的迅捷的反应吓了一跳,停住了脚步,问:"怎么了?你,你不喜欢我了?"

吹口哨的发动机

海啊连忙说:"不是,你别这么想!"

"那你为什么不愿意请我吃饭?以前你可不是这样的!"

海啊疑惑地问:"我以前经常请你去饭店吃饭吗?"

"马尾"说:"是啊,你一个星期起码有五天是下饭店的。"

海啊忍不住又问了一个极关键的问题:"那我哪来那么多的钱?"

这一下轮到"马尾"疑惑了,思维顺着这句问话绕了半天也没绕出来,说:"我怎么知道!"接着又说:"你今天究竟怎么了?怪里怪气的!"

海啊咬咬牙说:"我跟你说一件事,你帮我想想好不好?"

"马尾"迟疑了一下,神色从容地点点头。

海啊有心要将握在自己手中的手松开,可又有点舍不得。经过这短短的一段路程,那一只柔若无骨的手已经被海啊的手所认同,现在它躺在海啊手中十分熨帖和舒服,好像是从海啊手中自然地生长出来的,只是海啊内心里觉得像是从谁那里偷来似的充满了担心。犹豫了半天最后,海啊还是没舍得松开,他握着她的手说:"这事真奇怪透了,我本来不是这个学校的……"

"马尾"扑哧乐了,顽皮地说:"我以前也不是这个学校的,只是因为考上了大学才来到了这里。"

海啊说:"我知道你是这样的,可我却不是。我是一个工厂的工人,已经工作好几个月了,今天是因为跟着厂里的车来送货才到这儿的。"

"马尾"嘴一张,刚要说话,海啊一伸手阻止了:"本来我也就是打算来看看大学究竟是怎么个事。你知道大学对于我们工人来说，那可是一个了不得的地方，感觉上有点像天堂。当然，我没去过天堂，只是感觉上有点像。今天我是坐在一辆送货的大卡车上来的，整个一路上特别开心，心里面美滋滋的。在进入校园的一刹那，我差点想从车窗里跳下来了。真的！如果不是车速太快，我当时就想跳下来在大学里随便走上两步……

"到了工地后才发现卸货的吊车坏了，已经返回单位修理去了。货没卸完，车子就不能回去，三个装卸工便邀那个驾驶员玩牌。但是驾驶员怕输钱，不太想玩，可又架不住他们三个装卸工连哄带劝的，最后还是和他们玩了起来。我在旁边看了一会儿觉得挺没趣的，就下车准备在校园里随便走走。当时真没觉得会有什么事，可走着走着还就出麻烦了。我发现有许多人都把我当成了另外一个人，首先是你，然后是一群打排球的学生。但是在此之前，我从没见过你们，所以我不知道这是怎么一回事，究竟是自己不对劲了还是别的什么原因，你能帮我想想吗？"海啊抬起头盯着"马尾"深深看了一眼。

"马尾"却愣住了，不知什么时候她已经把手从海啊手中抽了出来，此刻她从脸上艰难地挤出一丝笑模样问："你说的是……真的？"

海啊点点头，"我想是真的。"

"马尾"突然发火了，她大叫道："我就知道你想甩了我！"撇了撇嘴，又说："编什么故事呀？明说得了！不用你搀，我自己走！"说完掉头就走，海啊想拽住她，手伸了一伸又莫名其妙地缩

吹口哨的发动机

了回来,怔怔地看着"马尾"蹬蹬蹬地走远了。

从教学楼到大门口是一条宽阔笔直的林荫大道,海啊的视线一直追着她的背影出了大门,那一根因为急促行走而不住晃动的马尾辫也随之消失不见。海啊孤零零地站在原地,百无聊赖地点了一根香烟。

此刻的校园里空荡荡的,阳光从很高的空中向下倾泻,涂抹着一切能够被视线突出和捕捉的景色,沉寂正从阳光下面暗暗地生长,充斥并包裹了整个校园。海啊被一片渐渐走近的沉寂压迫,呼吸变得沉重起来。他一连吸了几口香烟,然后将还剩下一半的香烟扔到地上,抬起一只脚狠狠踩灭了,转身朝"马尾"离去的方向快步追了下去,一直追出了学校大门也没再看见"马尾"的影子。大门之外是一条并不宽敞的街道,在街道的另一面是学校的生活区,海啊凭经验知道"马尾"进了对面的大门。他想都没想便过街进了那一扇大门。

生活区的学生比教学区要多,许多的学生显然刚从食堂里吃完饭出来,大多数人的手中都拿着一个瓷饭盆,还有一些人拎着热水瓶。与教学区相比,生活区里除了一幢幢宿舍楼之外,还有一些与之配套的生活设施,公用电话亭、小卖部、食堂、开水房、布告栏等一应俱全。学生们从一个地方到另一个地方,转来转去也转不出这一片校园,狭小的空间里年轻的人们恣意挥霍着的行走和行走。从宿舍开始到宿舍结束,整个校园充斥着叽叽喳喳年轻的声音。

夹在人群中的海啊在校园里走走停停,遇到每一个扎马尾的女孩子都十分留意地辨认一番。结果却不能使他满意。"马尾"好像已经被校园和她的那些扎着马尾的女同学们溶化了，气味散尽，踪迹全无。

在寻找"马尾"的同时，海啊也没放弃对校园里其他景色的浏览，他在小卖部前逗留的时间较长，好像对布告栏里面各种告示很感兴趣似的。布告栏里是学生们私自张贴的一些遗失启事、家教广告什么的，其中也有学生会、团委等组织的一些会议消息和活动通知。遗失启事上的内容光怪陆离、千奇百怪，有寻找钥匙、英语书、学生证、茶杯、随身听、衣服、女朋友……最有意思的是一张"寻人启事"：

寻人启事

校学生剧社在南京大学校园内遗失话剧《校园晨曲》男主角一名。此人应为南大本校在校之学生（包括研究生），身高在1.75米以上，神情忧郁、冷漠，富于思考，但不戴眼镜，能讲标准的普通话。除上述条件外，另要求能保证一定的排练和演出时间。

如有人发现此人，请与我们联系，同时也欢迎自荐。

校学生会

X年X月X日

海啊看了半天才反应过来，所谓的"寻人"原来不过是招演员而已。他觉得大学里面的人就是有文化，说话都喜欢绕着弯、兜着圈子，外人一不留神就会上当。离开布告栏继续闲逛，在经过一幢

吹口哨的发动机

宿舍楼前时，海啊突然从周围嘈杂的声音中听到了一声鸟鸣，循着声音抬头一看，原来是三楼上的一个男生在朝他吹口哨。海啊认出了是吴应立。

此刻的吴应立的表情奇怪，一边吹口哨，一边朝海啊挤眉弄眼。海啊仰头看着他，看着看着便被他滑稽的样子逗笑了。吹着口哨的吴应立急了，脸上表情和口哨在视线和空气中急促地颤动，同时还将一只手放在胸前，伸着其中的一根指头朝海啊勾动。海啊觉得很有意思，伸手指了指自己的鼻子，吴应立使劲地点点头。

海啊扭头四处张望了一下，便向左边的宿舍大门走过去，咚咚咚地上楼去了。到了三楼，他便看见了在一个房间的门口站着四五个人，都是自己在排球场见过的。看见海啊，他们就一起朝他招手。海啊走过去大着嗓门问："你们鬼鬼祟祟的干什么呀？"

这伙人闻声大惊，又是使眼色又是眨眼睛地示意海啊小点声，好像怕吓着什么人似的。这时候一直紧闭的房门开了，吴应立从房间里走出来，一把拽住海啊就往房间里推，说："快进去，出事了！"

海啊还没来得及问是什么事，人已经被推进房间去了，然后房门被外面的人砰地带上了。首先映入眼帘的是一根尾巴——马尾巴。她在海啊进入房间的一刹那还在靠窗户边的一张桌子上翻着什么，桌子上和桌子边的那一张床铺上一片狼藉，堆满了书本、衣服、磁带等东西。

"马尾"似乎感觉到进来的是谁了，慢慢地停止了翻找，一动不动地站在原地，但是身体却没有转过来。整个人像一尊雕塑，然后背对着海啊抬起手臂在脸上抹了一下。于是海啊听见了一两声微弱的抽泣，但是并不能肯定。

海啊站在门前一时之间不知该如何是好，"马尾"不动，他也不敢动，只能借助自己的视线打量着这个陌生的房间。这个房间大约有十五平方米大小，四张上下床沿着墙壁的两边排放，在"马尾"站立的那张床铺的墙头，贴着一张黑白照。一看见这张相片，海啊的脑袋又是嗡的一声，相片中的那人分明就是自己，自己在相片中抱着一把吉他正抡指弹奏，微微仰起的脸庞上似乎表明自己已经接近了某种音乐的质地。但是表情本身却是一种与弹奏不相适应的轻松，因此显得整张相片都很虚假。海啊相信自己所有的准备，其实是为了一架正要摁响快门的相机镜头，而不是被自己抱在怀中的吉他，更不可能为了从吉他中拨出的音符。吉他在此时此刻仅仅是一种夸张的道具，成全了相片中装模作样的人。

这时候背对着海啊的"马尾"又抬手抹了一下眼睛，然后沉着地转过身来问了海啊一句："我的那本书呢？"

海啊的思绪还沉浸在那一张相片中，一时没反应过来，随口问："书，什么书？"

"马尾"说："就是上个星期我借给你的英语课本。"

海啊有点仇恨起相片中的人来，好在他借的是一本书，如果借的是钱，那自己岂不要帮他还钱了？他知道现在自己根本没有解释的机会了，即使再作一次解释，结果也不会改变多少。这是他在一眼看见墙壁上的那张相片后的认识。

"我忘了放哪儿了，你再仔细找一找吧。"

吹口哨的发动机

"马尾"说:"我找过了,都没有。"侧了侧身子指了写字桌又说:"这些抽屉是锁着的,请你打开让我再找一找。"说完话脸上洋溢着一副挑衅的神色,犹如面对敌人的女战士。

海啊有点受不了这副神情,噔噔噔地过去一看,抽屉上面果然挂着一把锁。他沉吟了片刻,往后退了一步,抢起右脚踢在锁的位置上。

铁锁没开,但是锁扣却歪向了一边。海啊蹲下身用手试了试,猛一发力便把锁扣连同锁一起拽了下来。海啊把所有的抽屉一打开,对"马尾"说:"你看看这里面是不是还有你什么东西。"

"马尾"又哭起来,抽抽噎噎的。海啊放缓语气,态度诚恳地又说了一遍:"你看看吧,真的!"

"马尾"狠狠地抹了一下眼睛,凶巴巴地瞪着海啊,那一股恨意直刺他的视线,通过视线又进入身体内部。海啊的心中便泛起了阵阵的寒意。最后"马尾"没有再找什么东西,她抱起桌子上的两本书和一只绒毛狗走了,离开时故意将房门砰的一声狠狠地带上了,震得海啊的耳朵嗡嗡作响,窗户上的玻璃也哗哗地颤抖了一阵。

"马尾"离去之后,守在门外的人一起涌进来,七嘴八舌地劝海啊:"你们怎么了?"还有人说:"孙丽其实挺不错的,对你也挺好,你干吗要把她甩了?"

海啊摇摇头,暗暗叹了一口气,说:"我也不知道。"

另一个人就说:"是不是她先甩你的?"

海啊奇怪地翻了他一眼说:"你要这么想也行!"

大家觉得海啊的态度不够友好，也就不再继续关心了。其中一个人故意岔开话题问大家要不要去食堂吃饭。吴应立提议大家一起出去吃肯德基，还说下午一起去看一场电影。这个提议得到大家的一致赞同，纷纷嚷着说这一阵憋得慌，今天无论如何要好好玩一玩。

吴应立问海啊是不是跟大伙儿一块去看电影，海啊问他是不是下午没课，吴应立奇怪地看着海啊说："当然有课！你怎么忘了星期二下午是欧阳教授的课。"

海啊就说："那你们怎么不去上课呢？"

大伙很奇怪地看着海啊，开始笑，有人提议说："要不你去上课，我们出去玩？"

海啊点点头说："那也好！我去上课，你们去玩吧。"

大家又聊了两句就相拥着下楼去了。吴应立磨磨蹭蹭落在最后，等所有的人都走了之后，他对海啊说："你这家伙到底怎么了？"

海啊说："我真的没什么，一切都挺好！"

吴应立说："我们俩可是哥们儿，你如果有什么事，一定得打个招呼，别一个人闷在心里。"

这句话让海啊挺暖和，他掩饰着说："你放心吧，我这人是近无远虑，远无近忧，快活着呢！"

吴应立说："那就好，那就好。"然后问："下午你真的想去上课？"

海啊说："是啊！有什么不对吗？"

吴应立说："那行，那行。下午你就好好上课吧。"

吹口哨的发动机

吴应立摇摇头似乎还想说什么，最后还是没说，就走了。临出门前又转过头对海啊说："什么时候抽时间我们好好谈谈。"话一完便带上门离开了。

房间里只剩下了海啊一个人，过了一会儿整个宿舍和校园都沉寂下来，空空荡荡的。海啊坐在床头，眼睛向窗外张望着，伸手抓起桌上的一袋方便面，下意识地捏着。隔着一层塑料包装纸，面条发出咔吧咔吧干脆的响声。

海啊忽然意识到了什么，捏着方便面的手停顿下来。两眼盯着已经被撬开抽屉的桌子愣怔了片刻，起身走过去，拉开抽屉翻了起来。

抽屉里的东西杂乱无章，有本子、香烟头、烟斗（斯大林式的）、一寸证件照等一些杂物。海啊对此没有多少的兴趣，就在他准备关上抽屉的一刹那，头脑中灵光一闪，顺手将本子从抽屉里抽了出来。

这是一本32开大小的日记本，皮质的封面，烫金的字体。拿在手上翻了两页，海啊便断定是一本日记——那个名叫戈多的人的日记。他回到床前，斜靠在被窝上，专心致志地看了起来。

X年X月X日 星期四

今天辅导员请来系主任给全班开会，系主任针对班级里个别学生中存在的恋爱现象不点名地提出了批评，语气中特别强调和突出了"个别同学"这四个字，像用牙齿咬出来似的。当系主任讲到这里时，全班的人（包括辅导员和系主任自己）一起将眼光集中到我的身上，前排的同学甚至转过身来看我,好像我就是那个个别同学,眼光火辣辣的,刺得我浑身燥热。

我从座位上站起来(我忘了应该先举手请示了),对所有针对我的眼光——尤其针对着系主任的眼光说:"我没有谈恋爱!"

教室里面顿时一派沉寂,这一份沉寂被时间持续着,通过空气注入每一个人的呼吸,一种无形的压力在沉寂中形成并且不断地加重,压在了个别同学的身上。我感到自己的身体微微颤抖起来,仿佛正在那一份压力下弯曲,变形……这一堂课我不知是如何坚持过来的。

下课铃声响起之后,我随着大家一起向外走,走在我后面的是系主任和辅导员。一出教室门我就看见了邻班的一群学生。我的头脑一热,拦住了一个扎着马尾的女生说:"嗨!"

她停下来问:"你是叫我?"

我说:"是的,我叫你。"

她笑着问:"有什么事吗?"

我咬牙切齿地说:"我想和你谈恋爱!"我故意将这句话说得响亮异常,整个走廊上的人都听见了,一起扭过脑袋打量着我,表情怪怪的。

那个女生脸色一变,调头就走,走了两步又回头看了我一眼,看见我还在看着她,赶紧移开视线埋头走了。走在我身后的系主任和辅导员加快步伐超过我,走过我的

吹口哨的发动机

身边时还"哼"了两声——每人一声。我一个人站在走廊上,几个要好的同学不知是为了避嫌还是为了赶回去吃饭,呼啦一下走了个精光。

我顺着楼梯一层一层地向下,一步一步的响声陪伴着脚步和我。出了教学楼,迎面一片灿烂的阳光,刺痛眼睛,然后我就看见阳光下的一根尾巴辫。台阶下的她逆光伫立,面容平静地打量着我问:"你是哪个系的?"

我想当时自己可能是被阳光意外的灿烂打晕乎了,结结巴巴地说:"中……中文。"

她说:"我是生化的。"

我们俩是手挽着手回到宿舍的,当时宿舍里的其他人正准备去食堂吃饭,看见我们俩这副模样,一下子被震得目瞪口呆,正在刷碗的丁天一只手端着碗,一只手拿着勺子,嘴巴张得老大地愣在当场,端着碗的右手不自觉地微微倾向一边,碗里的开水便像一条线一样细细地淋到他的脚上……

吴应立则看着我身边的"马尾"说:"我们要好好谈谈。"……

第一篇日记到这里结束,接下去的两页是空白,两页过后又是一篇日记。

X 年 X 月 X 日 星期二

大家对欧阳教授很有意见，他每次上课都要点名。大家对他的意见主要是，认为他说话时的语速太慢，他几乎每说出一个字便要停下来喘上一口气，歇上半天，语言之间缺乏惯性，也不够润滑流畅。好像他的语言不是以每一句话为单位的，甚至也不是以词组为单位的，而是以每个字为基本单位。

吴应立开玩笑说，等再过两年，欧阳教授说话时可能要以偏旁部首为基本单位了。我说两年以后他要不死，我们全班的人可能都要被急死或者气死了。

由于欧阳教授的语速太慢，每次上课点名的时间都要在二十或者三十分钟左右，最长的一次点名，用了整整一堂课的时间（50分钟）。那边他刚刚点完名，下课铃便响了。我们跟辅导员反映过，希望能考虑换一位老师，辅导员却说，欧阳教授治学严谨、德高望重，声名享誉世界，这样一个好教授能教你们是你们的幸运，至于语言风格那是个人的习惯问题，时间长了就会习惯的。

当时我就想，这个慢慢习惯的时间究竟需要等待多久？欧阳教授除了点名之外，一堂课的时间里真的讲不了几个字，这一点是我们无论如何都不能忍受的。我想我们应该对此有所反应。

X年X月X日 星期二

又是一个星期二，我还没有想出应该针对欧阳教授的

吹口哨的发动机

点名做点什么。下午上课,欧阳教授照例拿出点名册准备点名。我在座位上突然有了一种冲动,当欧阳教授报出第一个名字,我从座位上站了起来,从后面向前走,在所有人——包括欧阳教授——惊诧的目光中一步一步地向前,走着,向前,向前。有人觉察到了我的意图,也纷纷离开自己的座位跟在我的后面向前,走,穿过整个教室,走过欧阳教授的身边,从前门走了出去,跟在我身后的人也跟着走了出来……

日记写到这里中断了,后面的十几页是空白,不知是什么原因。海啊想了一会儿就把日记本扔到一边去了,接连打了两个哈欠后闭上了眼睛,睡着了……

有生以来第一次在大学里睡觉,不知是因为陌生的环境还是别的什么原因,海啊睡得并不踏实,自始至终他都是在一种迷迷糊糊的状态中沉浮。大约半个小时之后,房间外面的走廊上人忽然多了起来,脚步声和说话声以及口哨和唱歌声搅得一幢大楼都在晃动,其中还有一些人拼命地用勺子敲打着饭盆,叮叮当当的。

此时海啊的睡意和眼睛一样苦涩,他心中唯一的愿望就是让楼道里的人全停下来:走路的人停在走路中间,洗脸的人停在洗脸之中,说话的人停在说话当中,爬到上铺的人则应该停在半空中……从而将海啊应得的安静和睡眠还给他。这份嘈杂事实上并没有持续多久,但是在海啊的感觉中,却好像持续了足足五个星期。等这些人走过去,安静重新回来,海啊却睡不着了。

海啊起身坐起来，身体靠在床头，一颗脑袋正好抵在了相片上那个人的下巴间。海啊转动眼睛再一次打量了一下房间，心中的疑惑像油漆一样涂抹着，疑惑依然没变……而在旁边的那张桌子上，那袋方便面还在，旁边是两个摞在一起的饭盆，一把长柄的勺子反扣在桌面上，一个玻璃茶杯在饭盆的另一边，茶杯旁边散落着一些饭菜票……

看见饭菜票海啊突然来了精神，他跳下床走到桌子前，将饭菜票收集起来数了一下，数量不大，尽管少了一些，但是也勉强够了。他将那柄长勺子放进饭盆中，一只手紧攥着饭菜票，一只手端着盛着一柄长勺子的饭盆，下楼吃饭去了。

就这样，由于一个极其反常且毫无预兆的原因，使得海啊最终成为大学里的一分子。对于海啊来说，大学校园的生活是一处陌生的环境，这就像一次仓促成行的奇异旅行，中途那拒绝被经验辨认的风景也拒绝为视线停留。这一陌生的感觉现在使海啊对于自己的身份也产生了一丝怀疑，在此之前，他只属于自己———一个不可能为其他事物或者人物替代的独特个体，他确信自己只有属于自己的父母、姓名、年龄、血型、容貌、经历和记忆。人类的起源、进化和发展过程已经反复多次证明这一份独特、不可模仿和混淆的本质。但是随着自己被一辆卡车从一处熟悉的工作环境中，过渡到一所大学之后，他的身份陡然间变得扑朔迷离。

最初几个小时里，海啊像一株被嫁接和移植的植物一样，对周围陌生的环境充满了疑问和警惕，某种思维惯性使他与突然而至的现实产生了冲突。冲突本身使他胆怯，同时出于好奇，他又不愿轻

吹口哨的发动机

易放弃这一份崭新的身份。

面对着谜一样的现实,海啊的猜谜将从距离最近的事物着手,从同宿舍的另外七个人着手。除了已经知道的那个吴应立之外,宿舍里的另外六个人分别是梁宁、王朝东、李前、丁天、刘同学和穆海。从与他们的短暂交谈和接触当中,海啊了解到第八个人名叫戈多,21岁,本市人,三年前中学毕业后考入这所大学。

现在的海啊就像冬天一场大雪里被大家堆起的一个雪人,因为气候的迅速回暖而融化了。他化成雪水渗入土地,或者上升进入空气。总而言之一句话,那人消失了,从生活了三年之久的这所大学突然地收起了身形和呼吸,其中的原因不明,也没有为别人留下可供探究和寻找的可能途径,只原地留下了名字、恋爱、床铺、相片以及那一份已经为别人熟知的经历,由此编织了一张网。

现在,误入其中的海啊,如鱼一般被网在了其中,他在自己之外又找到了另一个"自己",于是他在以往生活过程中逐渐积累起来的经历、记忆等,一切便突然消失了,或者说被那个失踪的名叫戈多的人完全覆盖住了。

海啊落在戈多的位置上,代替他在别人的注视下继续生活。几个小时,仅仅几个小时的时间,自己便已经被变更成另外的一个人,短暂的过程就像一次奇异快速的成长,结果像似经过数年或者数十年的演变之后的某种自然凸现的东西一样不容置疑。

在此期间,海啊去教室上课,去食堂吃饭,偶尔也和别的人一起去操场上踢一会儿足球或者跑跑步什么的,行为方式完全符合那个名叫戈多的家伙在别人眼中的印象,也符合海啊对戈多的理解。

但是其中有数点疑问。

第一个是宿舍之间八个人的关系。海啊发现宿舍里的人相互之间并不如想象当中那么熟络，照海啊的理解，这是很不正常的，究竟是什么在影响着八个人的关系？

第二个疑问是与"马尾"之间的爱情。爱情的来源是一个问题，去向则是来源之后的另一个问题。

第三就是那个名叫戈多的家伙的神秘失踪。他究竟为什么要抛开自己在学校里的位置而突然消失？另外，这个神秘的戈多真的与海啊长得那么相像？这几个问题成为海啊难以释怀的疑问。他在学校里留下来，面对着这数道谜团。

海啊没想到去食堂吃饭时竟然遇到了"马尾"。当时"马尾"正和一个男生坐在一起吃饭，海啊恰巧从他们的身边经过。大约就在一个小时前海啊对"马尾"还避之犹恐不及，但是在无意之中看见她与一个莫名其妙的男生坐在一起之后，某种异样的情绪突然从海啊的心底翻了上来。

"马尾"也看见了海啊，神情中微微地一颤，旋即用饭勺从自己的饭碗里舀了一勺子菜，喂向了身边那个莫名其妙的男生。

那个男生对"马尾"这一过分的亲昵举止显然缺乏心理准备，面对着突然而至的一勺菜，他愣怔了一下，傻乎乎地问："干什么？"

"马尾"撒娇地说："人家要你吃一口嘛！"

那个男生没反应过来，依然傻乎乎地说："不用，我自己有。"

"马尾"不依不饶，说："不嘛，人家就是要你吃她的嘛！"

男生终于明白过来，神情激动地张开硕大的嘴巴，将一勺子菜

吹口哨的发动机

尽数吞了进去，那副样子恨不得连勺子也吞下去。

从他们身边经过的海啊，被这滑稽的一幕刺激得极不舒服，鼻子哼了一声便走了过去。他先去打饭的窗口买了一份红烧肉和一个炒青菜，找了一个座位，离"马尾"他们远远地坐下来，准备安心吃饭，却突然发现自己一点都吃不下去了。他将一口饭菜嚼了很久，还是没有忍住，起身端起饭盆又折回到"马尾"的座位前。

"我们要好好谈谈。"海啊对"马尾"说。

这时候那个男生正舀了一勺子菜送到"马尾"的面前，意欲重温刚才温情的一幕，"马尾"却一偏头让开了，厌恶地说："你怎么也不讲点卫生！"说完埋头吃起了自己的饭菜，将那个男生和一勺子菜尴尬地晾在了半空中。

海啊正好在此时此刻赶到，说出了以上的话。"马尾"和那个男生一起抬起头看着海啊。海啊便又重复了一遍："我们要好好谈谈。"

"马尾"又埋头吃了起来，像不认识海啊似的。

那个男生却不知是因为被海啊撞到了自己的尴尬之举，还是真的对海啊与"马尾"之间关系缺乏了解，怒喝道："你是谁？"

海啊看都没看他一眼，两眼紧紧盯着"马尾"说："你让他别乱叫唤了。"

"马尾"没说话，头一低大口大口地吃起饭来。旁边的那个男生却突然跳起来，隔着桌子抢起胳膊给了海啊一拳。这一拳重重地砸在海啊的胸部，砸出"噗"的一声响。毫无准备的海啊在一股沉重的力道打击之下向后踉跄了两步，脚下被身后的饭桌腿绊了一下，仰身摔倒下去，身体中的力量撞得桌椅一阵乱响。这一跤把海啊摔蒙了，昏天黑地地爬起来之后，海啊老半天都没缓过劲来。

这时候另一边又发生了意想不到的变化，在那一张饭桌后面，"马尾"正对着那个莫名其妙的男生拳打脚踢，威风凛凛、杀气腾腾。反观那个倒霉的男生，则像个脓包似的，双手抱头拱肩缩颈地像一只缩头乌龟。

这一番情景看得海啊心花怒放，这时候他的头不晕了，眼也不花了，全身上下干劲十足、信心倍增。他幸灾乐祸地在原地蹦跳着对"马尾"又叫又喊："打！给我使劲地打！为我报仇，为全世界受苦的人民雪恨！打，狠狠地打！左拳，左拳，右拳；扇他耳光，拧他耳朵！左拳，勾拳，上钩，平勾；吐他唾沫，骂他混蛋！左直拳接右勾拳，再接组合拳……"他手舞足蹈蹦蹦跳跳地一边比画，一边大声叫喊，指挥着"马尾"的两只拳头，像擂鼓一样急促地落在那个男生的身上，嘭嘭作响。

那个倒霉的男生一边护着自己的脑袋，一边喊："你干什么？你疯了！是他先骂我的！"

"马尾"回答他的是更为激烈的拳头。

海啊发现那个男生的左手背上有一块蚕豆大小的黑痣。这时候食堂里许多人都停下筷子，站在原地有滋有味地观看着这滑稽的一幕，遇到开心处便放声大笑。

"马尾"清醒过来，当然，也可能是因为拳头打软了，或者顾及自己在别人眼中的形象，打击的动作缓缓地停了下来。一直抱着脑袋的男生悄悄地放下手臂，恼羞成怒地骂道："你他妈有病呀！"

一句话又把"马尾"惹火了，她顺手从桌子上操起一个饭盆，连同饭盆里的饭菜以及汤汤水水,一齐扣在了男生的头上。

男生被烫得"嗷"的一声怪叫,呼地腾身而起,凶狠地紧紧盯着"马尾",头上沾满了白花花的饭粒。

"马尾"被他怪异的样子骇得往后晃了一晃身子,色厉内荏地说:"你想干什么?"

那个男生没说话,只是定定地看着她,眼圈瞬间红了,神情松软下来。

"马尾"还想说点什么却又于心不忍。她偏过头,迅速收拾起自己的饭盆,转身走到还站在一边意犹未尽等着下文的海啊面前,说:"我们走啊!"不由分说,挽起他的胳膊往外面走去。

海啊挣了两挣,说:"我的饭盆还没拿呢!"

"马尾"根本不理他,胳膊一使劲,把海啊挟持出了食堂。

从一阵激烈的情绪中脱身出来,两个人一路无话。海啊隐隐有点心疼那两个搪瓷饭盆。往前走了一会儿,他想想还是对"马尾"说:"不行,我得回去取饭盆!"

"马尾"火了,甩开了海啊的胳膊说:"你就知道饭盆!除了饭盆你还想过什么?"顿了一顿,微微有点酸楚地说:"难道我连一个饭盆都不如吗?"

是两个,海啊在心里提醒道,嘴上却喃喃而言:"我可不是这个意思!"

"马尾"不由得提高了嗓门:"不是这个意思还能是什么意思?你说,你今天把话说清楚!"

海啊艰难地张了张嘴,怪怪地叹了一口气,没了声息。他还真不知该如何说出这一切。在短短的一个上午的时间中，他在获得一份意外生活的同时，也获得了原先那个人为他留下的同学、宿舍、教室、老师、爱情以及床铺、姓名……包括饭盆。这意外得来的一切堆积在海啊身上，形成了一种新的气味，将他变更和改造成了自身之外的另外一个人。现在海啊的一举一动都好像是在表演，而他所有的愿望似乎都是为了演好这个角色。道具是意外得到的那些东西，舞台则是整个校园。

啊，校园！一想到校园海啊就心花怒放。在他的印象中，大学校园里的学生们一成不变，无论何时何地，学生们都是这么大的年龄，永远二十岁左右的样子。他们因此具有相同的属性，热情冲动、青春无限，语言、思想被限制在相同的一种氛围和状态之中，互相浸透和渗入。

现在海啊和"马尾"站在校园里，一个默默哭泣，一个好言相劝。大路上的学生们来来往往，对此情景早已熟视无睹。同样的情景每天都会出现或者发生，这在校园里早已不是什么新鲜事。

这一天海啊终究还是没能取回那两个饭盆，但是他用两个饭盆替那个人换回了一份爱情，心里觉得还是一桩合算的买卖。随后的他和"马尾"和好如初，手挽着手在校园里走来走去，消磨着中午的时光和闪亮的青春。

此时正是学生们的午休时间，校园里的行人寥寥。海啊和"马尾"从生活区走到教学区，然后又转回生活区。开始时"马尾"还饶有兴致地叽叽喳喳地和海啊说话，谈话内容大多局限在自己的女同学之中，什么谁谁谁和谁谁谁恋爱了，谁谁谁又和谁谁谁分手了,谁喜欢上了谁的男朋友,谁又在谁的碗里下了药,等等。

以上的叙述始终未能提起海啊的兴趣,他自始至终都是一副无精打采的模样,最后两个人都有点厌倦了,海啊说:"我们回去吧。"

"马尾"奇怪地看了他一眼诧异地问:"回哪儿去?"

海啊说:"回宿舍歇一会儿,下午还要上课呢。"

"马尾"抬起手腕看了看手表,说:"再过半小时就要上课了,我们还是再聊一会儿吧。"

海啊说:"聊这些你觉得有意思吗?"

"马尾"说:"不聊这些又能聊什么?两个人在一起总不能都不说话吧?"

海啊说:"那也得挑点有意思的话题吧!"

"马尾"不高兴地说:"学校里不就是这么大吗?能有多少有意思的事?再说,今天可是你把我从别人身边抢过来的,你应该对我负责!"

海啊乜了她一眼,问:"我应该怎么对你负责?"

"马尾"说:"不管怎么样,反正你不能把我单独抛在一边,你别忘了我是你的女朋友!"

海啊说:"那我今后干什么还都得带着你不成?"

"马尾"说:"那当然!"

海啊有点生气地问:"凭什么?"

"马尾"理直气壮地说:"什么都不凭,就凭我是你的女朋友!"

海啊在心中恶狠狠地骂了一句:"我操他妈的!"骂完往路边

的台阶上一坐，不吭声了。

校园里的学生们多了起来，像一群被阳光和空气恢复生长的植物，叽叽喳喳地走动并且说话，身影重叠、晃动，填满校园。"马尾"又跟海啊腻了一会儿便去教室上课了，临走时还叮嘱了海啊一句："晚上等我一块儿吃饭。"说完晃着马尾走了，背景进入人群，被卷入深处，不见了。

海啊很生气地坐在原地，屁股都懒得抬一下。

随着上课时间的逼近，校园里的人逐渐变得稀少，然后上课铃就响了。清脆的铃声骤然而起，从每一幢楼房里冲出，升向空中，通过空气传递着自己的尖叫，或者沿着电线滑翔、飞奔，剩余的响声则坚持在原处，在起伏的空气中颤动、迅速地来回。

它抓住我们的头发，翻动起手掌，一刻不停地抽打着我们的脸，使我们内心羞愧、使我们对自己充满了怨恨；而我们不过是刚刚从午睡中清醒，还没来得及完成学业，完成期望中的成长和衰老。

海啊在原地坐了很久。这是校园里一处濒临大路的草地，眼前的一条大路从学校的大门口开始，一直通到大学的内部，并在最深处打了一道结绊，然后岔开，分成另外数条小径，布满整个校园。

铃声过后的校园里重新恢复了安静，安静的范围比校园更大。海啊懒洋洋地坐在草地上，心中无事，人因此而空旷。

一片树叶从树上轻飘飘地落下来，因为一阵风在中途改变了方向而拐向了海啊。阳光下一枚树叶的影子先于树叶打中海啊的视线，被海啊偏了一下脑袋让了过去。这时候从大门口走来一个人，

吹口哨的发动机

双手抬着一面白花花的硬纸板,从经验上判断这面纸板并不具备多少重量,但是因为面积较大,影响了那个人正常的走动。他一点一点走着,行走的姿势十分怪异。

海啊歪着脑袋看了看他,那人也从画板后面伸出脑袋看了看海啊,然后改变方向,径直走到海啊的身边,站定在海啊的面前,问:"想抽烟吗?"

海啊抬脸仔细打量他一会儿,说:"什么烟?"

那人说:"三个5。"

海啊摇摇头问:"你有国产烟吗?"

那人摇摇头说:"我一直抽的这个牌子。"

海啊伸手掏出自己的香烟说:"那还是抽我的吧。"追问了一句:"你抽不抽?"

"没问题。"那人爽快地答了一句,从肩膀上放下了那面硬纸板,一只手扶着它,用另一只手接过了海啊递给他的香烟。

"你是哪个系的?"点着了香烟后,那个人问海啊。

海啊张嘴打了一个喷嚏,怪声怪气地叫了一声"啊切"。揉了揉鼻子说:"化学系的。"

"能告诉我你叫什么吗?"海啊又看了他一眼说:"戈多。"

那人说:"我叫李卫,是中文系戏剧教研室的教授。"

一听说是教授,海啊顿时警惕起来,他不打自招地说:"我们下午没课。"

年轻的教授没接他的话茬,问:"你知道学校里正在排一场话剧吗?"

海啊愣了一愣，问："什么话剧？"

教授说："《校园晨曲》。"

海啊突然想起上午在布告栏前看到的那则"寻人启事"，点点头说："好像听说过这么一件事。"

教授说："这个剧是我创作的，导演也是我。"

海啊有点兴趣了，说："是吗？"

教授又吐了一口烟说："今天我们最后一次彩排，怎么样？有没有兴趣去看看？"

海啊没有立即回答，而是问："这戏有意思吗？"

教授说："这我不好说。我不知道你所说的'意思'是什么意思。我只能说我写的这个剧与传统意义上的戏剧是有很大区别的，我们在这部戏里有一些新的尝试，有意要将戏剧还原到生活本身的状态，而这种生活就是学校生活。确切地说是大学生活。"

海啊被他一番话说乱了心绪，想了半天才说："你不会是想告诉我，你的这部话剧其实只是一段校园生活吧！"

教授说："我还真是这个意思。"

海啊说："既然一出戏仅仅是一段现实的校园生活，那还有什么必要非得形成一出戏呢？"

教授说："这是两码事。怎么跟你说呢？就艺术本身而言，戏剧完全生活化是一次极端的冒险，至于最后是否能够达到预想中的效果我心中没底，但是除此之外，我实在想不出别的什么途径来突显自己对于戏剧的认识。于是作为完整构想的一部分，我打算在演员这个环节上寻求必要的保证。学校方面不允许去外面请演员，否

吹口哨的发动机

则我准备去北京请'人艺'的专业演员来演这部戏的。总而言之一句话，戏剧完全生活化和演员的极端专业化是我在这部戏剧中的追求，这一构想本身其实便具备了某种浓郁的戏剧效果。"

海啊有点尊敬眼前的这位教授了，他发现眼前的这位教授是个很有追求的人。

在谈话的过程中，教授自始至终都用一只手扶着那面直立着的画板，而用另一只手抽烟，累了就换一只手拿香烟。当然，还有那斜向一旁的站立姿势，无论那面画板是在哪一只手中，教授始终都侧向一旁，使得海啊难以看清上面的图案和文字。

海啊实在忍不住了，张嘴问教授："这面板是做什么用的？"

教授看了一眼手中的画板，笑了，自嘲地说："你瞧我，怎么还拿着这个？现在已经用不着了。"说完将面板高举过头，扔向了海啊身后的灌木丛。

落在灌木丛上的那面画板依然是背面，海啊依然无法看清上面究竟是一些什么样的文字和图案。最后他被年轻的教授半拖半拽地拉走了。

演出场地是在教学区里的西南角，出乎海啊的意料，它并不是想象中的那种正规的舞台，仅仅是一块露天空地，背靠着一幢正在建筑中的高层楼房。建筑工地上应有的嘈杂和喧闹声都已经消失，应该迅速拔高的那幢楼房仍然停留在海啊离去时的高度。在楼房前面，一辆熟悉的卡车静静地停在那里。海啊记得自己就是从那边走到校园里来的，为了等待返回厂里修理的吊车，驾驶员小郭和三个装卸工留在驾驶室里玩牌,他们准备互相赢钱……

周围已经聚集了许多的学生,海啊相信他们都是被硬拽来充当观众的。场地中央有一个人正在试着台步和朝向。那个老师指着这个人告诉海啊:"他就是这出戏的主角。"

这是一个典型的学生形象,模样有点像那张黑白照片上的戈多或者吴应立这一类的学生。最后海啊终于认出了他,这个男主角分明是自己。他被这一认识吓了一跳。然后演出便开始了。

第一幕

一所大学的校园,清晨,绿树茵茵,阳光绚丽。远处一幢正在建筑中的高楼,一辆运送建筑材料的卡车驶过。

背着包袱的男生从人群中跑上舞台,欣喜地注视着校园里的景色,激动不已。海啊上场,面容里没透露出任何可以翻译的表情。男生看见了海啊。

男　生　(从沉迷着的景色中转过身来,迎向海啊),同学,这是XX大学吗?

海　啊　(停下脚步),没错。

男　生　(上前一步伸出双手一把拉住海啊的右手激动地摇晃着),终于到了,终于来到了梦寐以求的大学校园!(握着海啊的双手又急促地摇晃了三下)认识一下好吗?我叫李力,是新生。你叫什么?上几年级了?

吹口哨的发动机

海　啊　（思索着，不知如何回答）……

男　生　（有点着急，以为海啊忘了台词，小声地），你怎么不说话？

海　啊　（面朝台下），怎么跟你们说呢！我实际上并不是大学生，我是一个刚进工厂工作的工人。进大学曾经是我的一个梦想，去年五月我高中毕业参加过一次预考，最后却因为两分之差被挡在了大学的校门之外。拿到成绩的那天我伤心地哭了。大学校园的大门为所有人敞开，却在那一天吱溜一声对我关上了。

（略停）就这样我成了一名青年工人，是一名汽车修理工。我每天的工作就是把那些出了故障、不能正常行驶的汽车修好，让它们带着一股速度回到大街和公路上去。不用说，这是一桩极枯燥乏味的工作，我干了没几天就厌倦了，这一种糟糕的情绪还殃及我对整个工厂的感觉。

后来每天清晨醒来后，一意识到自己又要去厂里上班，我就为自己感到心酸。平时一见到那些出了故障的汽车就生气，见到那些没出故障的汽车也生气，见到干活儿的人生气，见到那些不干活儿的人更生气。那陈旧的厂房、尘土飞扬的厂区、机器轰鸣的车间……这一切的一切都让我沮丧。

就在这一段时间，校园在我的生命之外的某个地方突然发出了绚丽夺目的光彩，它旋转、跳跃，像一个多年的朋友或者爱人一样令我感动，并吸引了我的整个身心和视线……我想总有一天我会走进大学校门的——哪怕是作为一个清洁工来大学里扫一次地也行。

（再次停顿一下）没想到这个愿望终于在今天实现了。今天我是跟着送货的卡车来到这里的。你们不知道大学对于我们工人来说——尤其对于我来说，那可是一个了不得的地方，感觉上有点像天堂。当然，我没上过天堂，只是感觉上有点像。在我的感觉中，大学里的人永远都是20岁左右的年纪——除了教授——他们永远不会长大，也不会衰老。他们一生都很悠闲，随时随地都可以相互恋爱。关键一点是他们还都很有知识，他们利用知识谈恋爱或者吵架，连饭后的散步都显得挺有学问……

我就是带着这样一种憧憬，坐在一辆送货的大卡车上来到大学校园的。那一路上兴奋的心情就不提了，如果大家允许我打个比方的话，我想说，这一路上的感觉真跟去天堂似的，心里面美滋滋的，虚幻得要命。

在进校园的那一刹那，我差点想从车窗跳下来了，真的！如果不是车速太快，我当时就想跳下来在大学这块地上走上两步……到了工地，我和司机得知，厂里那辆卸货的吊车坏了，已经返回单位修理去了。货没卸完车子就不能回去，三个装卸工便邀那个驾驶员玩牌，但是驾驶员怕输钱，不太想玩，可又架不住他们三个装卸工连哄带劝，最后还是和他们玩了起来。

我在旁边看了一会儿，觉得挺没趣的，就下车准备在校园里随便走走。当时真没觉得会有什么事，可走着走着还就真的来事了。我发现有许多人都把我当成了另外一个人，首先是一个扎着马尾辫的女生，接着是一群打排球的学生。但是在此之前，我从没见过他们，所以我不知道这是怎么一回事，究竟是自己不对劲了，还是别的人或者地方出了毛病。后来我就在校园里寻找着那个失踪的人，

吹口哨的发动机

那人叫戈多……

男　生　（压低声音焦急地提醒海啊），错了，台词错了。

海　啊　（没理男生，继续），就这样，我在学校里留了下来。为了找到那个失踪的戈多以证明自己的身份，我没有任何选择地陷进那个叫戈多的人的生活中，陷入用他的宿舍、同学、饭盆、爱情、课本、教室、饭票以及他的姓名构建成的生活之中，并逐一尝试着他的生活内容：用他的饭盆吃饭，代替他坐进教室去接受老教授无休止的点名，同时享用他的爱情……

男　生　（一副疑惑的神情，求救般地将视线投向台下的教授，教授却没看他，神情专注地注视着海啊的一言一行）……

海　啊　（看了台下一眼，放缓了语调），现在，当我站在这里我才突然明白过来，那个叫戈多的人（一指台下）其实就是你们大家！因为你们需要一个人来代替你们表达自己的情感，需要他的行为来证明你们的青春经历。你们不满现存的教育体系，但是又提不出新的内容；你们渴望能有一份属于自己的爱情，却又难以确认她的纯度；你们的内心渴望飞鸟一样自由广阔的天空，可直到今天仍然陷在校园的深处……

全场一片沉寂，接着爆发出一阵雷鸣般的掌声。海啊在掌声中缓缓放下胳膊，向台下走去。不远处，那辆卡车仍在来来回回地奔驶着。海啊迎向卡车，然后在卡车的略一停顿之后，拉开驾驶室的门挤了进去。卡车短促地响了两声喇叭，加快速度开走了，而留在原地的人们相信卡车依然会再一次回来……

图兰的故乡

>借你一处故土，许我庞大乡情。
>
>——自题

32年前，一辆载货卡车从北方拖来一个婴儿。

卡车黎明时分进入K城。开车的是一个30来岁的小伙子，赶了一夜夜路的司机饥肠辘辘又困又乏，进城后看到路边有一个简陋的早餐摊点，停下车子准备吃点东西。早点摊的摊主是一个40多岁中年妇女，司机是今天的第一位食客。她给司机煎了一套煎饼，端上了一碗稀饭和两个包子后便坐下来等着下一位食客的出现。清晨的马路上车辆和人都很少，她隐隐约约听见车厢里似有啼哭声，哭声很微弱，有点像小猫的叫声。她问埋头吃饭的司机，你车上拖的是猫吗？

司机说不是啊，是药材。

吹口哨的发动机

摊主：好像有东西叫唤。

司机疑惑地咬了一口煎饼，怎么会？起身朝车前走过去，爬上后车厢人立刻傻了：车厢里一堆草药被扒开了一个小坑，里面躺着一个襁褓中的婴儿；襁褓已经散开了，婴儿嘴唇乌紫，哭声微弱……司机吓得双腿发软，带着哭腔朝摊主喊，大姐！大姐！

摊主凑上来一看哎呀叫了一声，一把抱起孩子，快点给他弄点吃的……

那天司机和摊主用半碗热稀饭救下了这个婴儿。婴儿吃了一会儿后脸色渐渐正常起来。喂婴儿的同时摊主问司机，你从哪带的这个孩子？

司机说我不知道啊！验货时还没有的。

摊主又问中途停过车吗？

司机说停过，昨天在两个服务区停车吃过两顿饭。摊主说没准儿有人趁你吃饭时把孩子放你车上的。

司机：可没见有人靠近我车呀！

摊主：那孩子总不能是从天上掉下来的吧？

两个人有一搭没一搭地聊着。司机很快吃完了，付了钱就要走。抱着孩子的摊主说你不能这么就走了吧？

司机说大姐你行行好，这孩子跟我一点关系没有，再说我要送货也没法带他。

摊主：那也不能砸我手里呀！孩子可是你车上的。

司机挠挠头说大姐你看我一个人跑车带个孩子肯定不合适，万一把他给饿着冻着罪孽就大了，也是一条命对不对？要不这样，我付点费用，等会等警察上班了，你帮忙把孩子送到警察局。

摊主说那万一警察不收呢？

司机说你管他收不收，找个没人的时候把他往门口一放，他们收也得收不收也得收。

摊主想了想问那你能给我多少钱？两个人又讨价还价了一番最后摊主收下了孩子，司机驾车继续南下。

司机走了后摊主没有如约把孩子交给警察，而是将他留在了自己身边。摊主图翠英其时40岁，年轻时丧偶膝下无儿寡居多年，没承想一辆卡车为她送来了一个儿子，内心的欣喜不言而喻，根本不可能将其送出去的。她后来给这个婴儿取了个名字：图兰。

小图兰婴儿期是在小吃摊前度过的。养母每天带着他出摊，遇到生意忙碌时就把他扔在一边自己玩。他打小就与别的孩子不一样，不黏人，大人带他玩他高兴，让他自己待着他也没意见。他最喜欢干的事情是坐在地上看蚂蚁搬家，一连两个小时不带动弹的，那份专注与沉静让一些大人很担心，担心他是不是有什么问题，譬如痴傻之类的。这份担心很快就被打破了。到了两三岁的时候，他新发展出一种爱好，喜欢在地上写写画画——这孩子像是从地下生长出来的一株植物，一生都不会离开地面——开始没人在意，只当孩子是在地上胡乱涂着玩的，有一天某位客人无意中凑到近前看了一眼，吓了一跳，图兰居然是在写字。两三岁的孩子笔还不会执，满满一把握在手里，笔法笨拙，但是一笔一画地特别认真，每写一个字就涂掉再写一个。那人看着都傻掉了，半天才长叹一声问周围的人，这是谁家的孩子？

吹口哨的发动机

摊主正忙着,听到声音以为图兰闯了祸或者惹恼了顾客,急忙跑过来问怎么了?

客人问是你的孩子?

摊主说是的。

客人说大姐你孩子了不得啊!这么小笔还不会握就能写字了。

摊主不相信,看地上有个"大"字问图兰,是你写的?图兰点头。摊主问你知道这字是什么意思吗?

图兰说就是比小的大。

摊主再问你是怎么知道的?图兰指着摊子前那块手写的招牌,稀饭:大碗2元,小碗1元。摊主妈妈蹲下来将图兰一把搂在怀里喃喃地说:好孩子!好孩子!

再长大一点,图兰上学了。上学后的图兰风头尤甚,成绩好自不必说,人也乖巧伶俐,学习好、爱劳动、嘴巴甜,惹得一干老师都很开心欢喜。在学校里,一个能让所有老师都喜欢的学生会有怎样的一种命运你用脚趾头都能想得出。图兰于是顺风顺水地进入初中。刚进入初中时图兰依然延续着他在小学里时的好运气,一分班即被老师指定为班长,还在开学典礼上代表400名入学新生上台发言,接着又入选校篮球队……但是仅仅一个学期,围裹着他的那一份好运气便到头了。最先出现的一股反对力量来自同学。可能是树大招风的缘故,一些同学自然地纠集在一起频繁地找起他的麻烦,冷落他,奚落他,还经常围在一起朝图兰喊一些陌生的词汇:野种!私生子!垃圾!然后哈哈大笑。此前图兰一直不知道自己的身世,听得多了,心里疑惑起来,感觉同学的话里有话且似有所指。

隐忍了数日之后去向母亲求证，摊主母亲也不瞒他，将他的身世和盘托出。

从这一天开始图兰变了，变得沉默寡言起来，原本爱说爱笑阳光灿烂的一个人，一天24小时再难有笑脸——即便在睡梦中都是一副愁眉苦脸的模样。不仅如此，他的性格也变得暴躁了，再遇到有人朝他喊私生子什么的他握起拳头就往上扑，也不管能不能打得过对方……从此以后他三天两头的就要鼻青脸肿一番，早晨出门刚换的新衣服，晚上回来时已经被扯开数条口子，一截布条耷拉着……这一来学校先有了反应，考察了他一段时间之后果断地免除他的班长职务，以前那些喜欢他的老师及其支持力量就此消遁。又坚持了一年，在即将升入初三前一阵，图兰毅然决然地从学校退学了。得知他退学的消息后，摊主养母十多年来第一次朝他发了火，母亲抹着眼泪说，你不上学以后可怎么办呀!

图兰说我出去工作，挣钱。

摊主母亲说，你这么小上哪找工作呀？

图兰说城南有一家汽车修理厂在招学徒工，十三四岁小孩他们都要，我都快17了，不相信他们不要我!

尽管图兰自信满满，但是对于自己是否真能如愿其实也没有把握，他想了两天，一个下午临近放学前去了学校附近——

那天正好轮到我值日，等我打扫完卫生出来时校门口已经冷冷清清的了。天色将晚腹内空空，我一溜儿小跑地往家赶，刚走出没多远就被一个人给拦下了。站住!声音冷冰冰的。我一下站住了。从路边一根电线杆后面转出一个人，正是图兰。

吹口哨的发动机

你是初一（六）班的？

我点头。

你姓赵？

我继续点头。

城南那家修车厂是你们家开的？

我嗯了一声。

他笑了，伸出手，我是图兰，初三（二）班的，你可能不认识我。

我一开始没反应过来他伸手的意思，还以为他是跟我要钱或者要烟呢！学校附近总有一些小纰漏，遇到年龄小的学生就拦住要钱要烟，看他脸上的笑意又似乎不像。我犹豫着向他伸出了手，他抓起我的手轻轻握了一下。我这才明白他是要和我握手，心里顿时有点激动；在我的意识中握手是成年人的举动，今天却有一个人主动跟我握了手，也就是说起码在他眼里我已经是大人了。

你有时间吗？

我问干吗？

他说一起吃个饭吧！紧接着补充一句，我请客！

那天我们在学校附近的一家小酒店里一起吃了一顿饭。图兰点了一个青椒土豆丝，一个西红柿炒鸡蛋，一个宫保鸡丁。虽然只有三个菜，已经让我很感动了——这三个菜都是为我点的，更为重要的是这是有生以来第一次有人专门请我吃饭。

菜很快上来了，图兰又要了一瓶啤酒。他给我倒酒时我用手捂着杯子说不会喝酒，他说男人哪有不会喝酒的！用瓶口将我的手顶开，倒了满满一杯，泡沫都溢出来了，再给自己倒了一杯，放下酒瓶举起酒杯，今天能和你认识很高兴，敬你一杯！一仰头干掉了。我赶紧端起酒杯喝了一大口，此前我没喝过啤酒，只看过别人喝过，每次看到别人喝酒时都是一副很惬意的样子，便以为啤酒的口味会很好，或者直接就是甜的，像我爱喝的饮料。谁知啤酒的味道并非我想象的那样，甫一入嘴即是满满一口的苦涩，我忍都没忍住，一张嘴把刚灌进嘴里的啤酒全吐到了地上。图兰哈哈大笑……

一开始的交谈显得生疏，说话都斟词酌句浅尝即止的，喝了两口酒之后才放松。又喝一大口酒之后图兰对我说，你知道我退学了吗？

我说知道。问你干吗要退学？

他沉默了片刻，我只告诉你一个人，我不是我妈生的，是抱来的。

关于图兰的身世其实我早就知道，K城很小，屁大点的事都会在城中来回滚三圈，但是由他本人亲口说出还是让我很感动；对于具体的某个人而言，这种身世是难以启齿的，他能坦言，某种程度上表明了对我的信任和友谊。不过这事对我这么一种年龄的孩子而言太大也太沉重，我不知该如何应对，即便安慰也不会的，只喃喃地说，怎么会呢？你别搞错了！

图兰：我问过了，没错的。

可这事跟你退学有什么关系？

图兰眯着眼看了我一会儿，我需要工作挣钱，所以要退学。

我问为什么要挣钱？我顿时想到电影小说和童话故事中那些残

吹口哨的发动机

忍恶毒的养母形象。

图兰摇头，没人逼我，是我自己需要钱。

我好奇起来，你要钱干吗呢？

图兰迟疑了一会儿，我只跟你一个人说，你千万别告诉别人——！

我说我保证！

图兰：我想去找我的家里人，需要钱。

你知道你家是哪的吗？

他摇摇头，沮丧地，不知道。

你都不知道自己是哪的，怎么找呀？

只要有时间肯下功夫总能找到的！

对他的话我不是很认可。世上有一些事情不是仅靠个人的努力和吃苦耐劳就能做到的。但是也不好说什么，我们毕竟才认识。

见我老半天没说话，图兰又问，你能帮我吗？

我问帮你什么？

他说我需要挣钱……

我愣了一下，以为他要跟我借钱，就说我没有钱，本来我有两百元的，是过年时亲戚给的压岁钱，但是都让我妈给搜刮走了，家里现在每天只给我一块钱买早饭……

图兰笑了，我不是跟你借钱，我是想让你跟你爸说一声，能不能让我去你们家的修理厂上个班？

我是一个单纯的人，我以为图兰今天请我吃饭仅仅是因为喜欢我，想跟我交朋友，根本没想到他另有目的，发现这一点让我有点失落——原来我不是那么讨人喜欢的！我对他说我爸不一定听我的。这其实是一种委婉的说法，事实上我爸在家里成天摆着个冷脸，好像所有人都欠他钱似的，包括我妈，动辄就发火骂人，如果有人敢顶嘴或者在态度上表现得很不驯服，他抬起巴掌就是一下。他的巴掌完全张开时跟蒲扇似的，那双大手平时拿惯了铁锤、扳手、撬棍什么的，力道大得出奇，抡在脸上能把半边脸先打得凹陷下去然后再肿成面包。我们家里人都很怕他。

图兰说你们家不就你一个儿子嘛！

我有点绕不清他话的意思。我们家一共四个孩子，我和三个姐姐，我对图兰说，我还有三个姐姐，她们三个都能管我，我最小，在家里的地位最低。

图兰一挥手，女人再多都没用，管用的还得是男的。别看你最小，你要是说一句话顶得上你那三个姐姐费一箩筐的唾沫。

我说你搞错了，四个孩子中我爸最不喜欢我了，还经常揍我，却很少揍我姐。

图兰不高兴了，你就这么不愿意帮忙？

我说不是我不帮忙，实在是说不上话，就算我说了我爸也不会听……

图兰不作声了，神情落寞地盯着面前酒杯看了一会儿，拽过酒瓶给自己倒满了，再将剩下的倒给了我，足有大半杯，端起酒杯砰地碰了一下我的杯子，一仰头咕嘟咕嘟全灌了下去。我愣住了。我知道按规矩我得一口气把这大半杯酒给干掉，可这酒实在让我难以下咽。图兰默不作声看着我，嘴角微微抽搐了一下，感觉像嘲笑我

吹口哨的发动机

似的。你要不能喝就别喝了！他话一说完我一仰头将啤酒全喝掉了……

等我回到家已经是晚上七点半，家里人正在吃饭。因为爸爸每天要等其他工人全下班了才能走，基本上七点钟左右才能到家，而他不到家我们是不能吃饭的，所以我们家吃晚饭都比较迟。看到我进来爸爸把碗放下了问，怎么才回来？

在小饭店里的最后大半杯啤酒把我灌得很不舒服，当时只是觉得味道不好，肚子里还凉飕飕的……和图兰分手后我独自往家走，走没多远酒劲就犯了，原本凉飕飕的肚子开始变得火热起来，一波一波力道地直往头顶上冲，跟冲锋陷阵的士兵似的，然后就晕了，摇摇晃晃地一路回到家。一家人正坐在桌子前吃饭，我看见爸爸跟我说话，说的什么却听不清，只感觉原本高大威猛的爸爸变得很渺小。我站在门口挥着胳膊对他说，那个图兰你必须收下……

爸爸咦的一声放下碗从座位上站了起来，三姐扑哧笑了。大姐嘟囔着招呼我，吃饭，来吃饭。二姐则埋头继续吃着……爸爸绕过半张桌子走到我面前，你喝酒了？跟谁喝的？

我说图兰是我朋友。

爸爸：谁是图兰？

三姐在一旁插话，图兰是初三的，高小弟两个年级。

爸爸愠怒地转向三姐，他自己没有嘴巴？要你多嘴！

三姐不吱声了。

他为什么要请你喝酒？爸爸又问。

我说他想去修理厂上班。

爸爸有点疑惑，他不是才初三吗？怎么会要上班？

三姐忍不住再次插话，图兰上个星期退学了，已经不是学生了。

爸爸：他为什么退学？成绩不好？

三姐说他的成绩很好的，谁也没想到他会退学。

爸爸火了，这么大的孩子不好好上学，整天抽烟喝酒想发财，长大也不会有出息。对我道，以后你不许再跟他玩！

我说图兰是我朋友了，你要给他开工资，要多开点！我话没说完，爸爸一巴掌抽到我脸上，抽得我脸上麻嗖嗖的，不疼；我甩了甩脑袋，你就是打死我也要给他开工资。

爸爸气极了，再次举手要抽，大姐赶紧跑过来将他的胳膊拽住了。爸爸不打弟弟！

爸爸放缓语气对大姐，大姐你吃饭，乖！

大姐依然坚持，爸爸不打弟弟！

爸爸：好，我不打，不打。

我说大姐你放开，让他打，你让他打死我！

据三姐后来告诉我，我那天的表现特别男人，对老爸颐指气使吆五喝六的，差点没把他给气疯掉。当然那天如果不是大姐奋力护着我，在把老爸气疯之前我肯定已经被他活剥了……

那天晚上我闹了很久，爸爸发现我已经喝多了后也没太为难我，最后气呼呼地说了一句，不能喝就别喝，丢人！甩门出去了。妈妈和大姐把我扶到床上睡下，睡在床上我还高声唱了好几首歌，当时心里总觉着堵得慌，不唱不行。最后又吐了一次，吐完之后心里舒服了，人也乏了，哼了两句小曲后沉沉睡去了。

吹口哨的发动机

接近凌晨时我被一个人摇醒了,老半天才辨认出是三姐。她压低声音问,你昨天真跟图兰喝酒了?

当时天还没亮,三姐也没开灯,屋里黑乎乎的,借助夜色能看到她眼睛里有一丝异样的光,像钻石。当然我没见过真正的钻石,只是想当然地觉得二者之间有相像的质地。不过我这会儿没心思研究钻石,脑子依然晕乎乎地全身乏力。我说我困死了,你让我再睡一会儿。翻了个身想继续睡。

三姐急了,一把拧住我的耳朵,你说不说?

三姐比我大四岁,今年上高二,是家里四个女人中脾气最古怪的,也是除了爸爸另外一个敢揍我的人。你们看我的耳朵长得挺长的,别人都说长这种耳朵的人有福,他们其实不知道,我的耳朵开始时与常人差不多,后来愣被三姐给扯长的。她打小就喜欢欺负我,一发火就拧我的耳朵,还不许哭,一哭下手更狠;她尤其喜欢拧我右边那只——因为她是左撇子,顺手,久而久之搞得我右边的耳朵比左边的要长上两厘米左右,都不对称了。所以她的手刚一搭上耳朵我就彻底醒了,接下去的疼痛对于我太熟悉不过了,我哎哟哎哟地叫着从被窝里欠起身来。

你说不说?

我说,我说。

三姐把手松开了。跟我说说昨晚是怎么回事。

就是跟图兰喝酒的呗!

就他跟你?

是。

他真的是想进修理厂？

是。

他为什么要进修理厂？

他说他想挣钱去找自己家里人。

三姐糊涂了，什么意思？

我说他是领养的，以前他不知道，现在知道了就想去找自己的亲人。就是这样。

三姐哦了一声，没再说话。我等了一会儿再次睡着了。等我醒来已经是八点了，上学都快迟到了。三姐不知道什么时候走的，也没叫我一声。

就这样，当我一觉睡醒，图兰进厂工作计划彻底破产了，我对此无能为力。事后我多次想找图兰表示一下，哪怕说一声对不起之类的，或者什么都不说，两个人坐在某个小酒店里默默地喝着酒；我愿意那一刻有一缕阳光照在他的半边脸上，照在他快乐的时光中——假如他快乐。但是我后来没有机会再和他坐在一起了，从那天分手后我们有两年多的时间没再见过，只偶尔能听到他的一些消息，最初那一阵他醉心于挣钱，幻想能找到一份工作而挣到每月固定数额的工资，因为年龄尚小迟迟未能如愿。走投无路之下有一阵频繁出没于校园周围，寻找一些老实弱小的学生敲诈一些他们的零用钱。这种营生对于他愿望中的生活帮助不大，造成的影响却恶劣，许多大人说起他都叹息不止，好好的一个孩子怎么变成这样了？大人们不明白，图兰自己是否明白呢？一个行走着的人在行走中失去了终点而只剩下行走本身，图兰自己是否明白这意味着什

吹口哨的发动机

么？迷路真的是指人在路途中失去了行走目的而非迷路本身吗？图兰对此又知道多少？

两年之后的一个冬天的晚上，我和三姐去电影院看电影，散场后我们一边谈论着电影一边朝家走，穿过一条小巷子时被一个人迎面拦住了去路。

喂！掏点钱出来！

我和三姐一下站住了，我第一反应就是遇到抢劫的了。

这条巷子光线不好，只两头的巷口各装了一盏路灯，眼前的人黑乎乎像个影子。这是我第一次遭遇到敲诈，内心甚是惶恐，站在当场不知如何应付。倒是三姐临危不乱，她干脆利落地回了一句，凭什么？一拽我的胳膊，咱们走！

那人一挪步子挡住了去路，手中亮出一把刀子，给不给？

三姐的泼辣劲上来了，不给！怎么着？

我发现眼前的人有点眼熟，仔细一看果然是图兰，怯怯地问了一句，你是图兰？

图兰一愣，定定看了我一眼转身走了。他走得很快，三两步之后便到了巷口，三姐突然叫了一声，等等！

图兰站住了。

三姐从身上掏出一点钱，又对我说了一句，把你身上的钱给我。我问干吗？三姐也不搭话，伸手到我的口袋里掏出几张钞票，走到图兰面前递给他，先拿着吧！图兰糊涂了，没接，似乎思考是不是某种圈套。三姐就把那一把散钱硬塞进了他的口袋里。

再见到图兰已经是春节之后了。

春节过后我们家变故频频。年初时一向行事稳重为人宽厚的二姐与相恋了四年大学生男友分手，她郁郁寡欢了半个月之后，在一个黄昏里独自去了城东的大运河投湖而逝，行前给家里留了一份遗书，称她的死与别人没有关系云云。痛失爱女的父亲无法接受这一事实，那一阵他失魂落魄的，一天在对一辆汽车进行底盘修理时突然中风了；当时他躺在一张滚轮滑板上，滑进一辆卡车的车肚下检修变速箱，进去之后便没了动静。等一旁的工人发现不对劲将他拖出来时，他已经口眼歪斜失去了知觉。将他送到医院一检查是脑溢血，立刻住院实施抢救……父亲在医院住了半个月，命保住了，却留下了后遗症，半边身体瘫痪了。出院后他行动能力恢复了一些，可以走动，只是走起路来一条腿是拖着的，是一格一格地走，且左腿始终置于右腿的前面，咚——哧，咚——哧；咚是沉重的左脚落地咂出的声响，哧是拖在身后的右脚与地面的摩擦声，整个人的行走因此具有了一种节奏性表演般的意味。至于语言能力则受损严重，说出的话像外语，我们几个孩子谁也听不明白，只有妈妈能听懂。妈妈后来成了我们和爸爸之间的媒介。病情稍稍稳定之后有一天晚上爸爸把我叫到他房间跟我谈了一次话。他说自己病成这样，看来是没法继续工作了，但是修理厂是他一手办起来的，也是一大家子生活的依靠，意思让我退学去管理修理厂……父亲口齿不清地说着，母亲在一旁一句一句地翻译并复述，啰啰唆唆地说完一通后问我什么意见？

我说我不会管理厂子的。

吹口哨的发动机

父亲说他会让马叔先带我一段时间的。

我说那我不上学了？

父亲不说话了，母亲接过话头说，你只是先挡一阵，等你爸爸身体好点了你还可以继续上学。

我说那如果他身体一直不好呢？

我话刚一说完，母亲抬手抽了我一个大嘴巴，父亲则深深叹了一口气……

就这样我的命运在我十六岁那年硬生生地拐了一个弯道，一股突兀的离心力将我从学校径直抛进了修理厂。

我们家的修理厂毗邻国道附近，原先是一个中学的校办工厂，校办工厂后来经营不善倒闭了，闲置的厂房被父亲花了很少的一点钱租下建起了汽车修理厂。修理厂的生意对象是在国道上来回奔跑的那些车辆；它们跑起来是给车主挣钱，跑不起来就轮到我们挣它们的钱了。这句话父亲以前常说。

按照父亲的安排，我先进厂熟悉一下情况，顺便跟马叔后面学点技术，等父亲康复后再换我回来。

关于马叔我得多说两句。马叔叫马启礼，原先是父亲的徒弟，后来追随父亲从一个国营大厂辞职来到我们家的厂。他的技术全面，发动机、底盘、电工，包括钣金等关乎汽车修理的各个工种都能拿得起来……因为是父亲的徒弟，就辈分而言我最多该叫他一声哥，我们也的确是这么叫的且叫了许多年。此前每年过年他来我们家拜年都是要给父亲磕头的，事情发生变化是在他结婚成家之后。那一年春节马叔领着刚结婚的媳妇来给父亲拜年，按规矩他进门后要给父亲磕头行礼，却被父亲拦住了。父亲当着全家人的面对他说，你现在成家了，也是一家之主了，我们以后就按平辈叙，那些礼数就免了吧！

马叔说那不行，一日为师终身为父……

父亲摆摆手，这事就这么定了，什么都不说了！并当即让我们姐弟四个改口各叫了一声马叔。马叔眼泪都给叫出来了……

我就这样进了修理厂，身份也从学生摇身一变成了一名"厂长"，十六岁。这大概是中国历史上最年轻的厂长了吧！

上班的第一天马叔召集起所有工人简单地介绍了一下，这是我们的新厂长，以后遇到问题多请示新厂长！大家欢迎！有人就揶揄了一句，这厂长够年轻的！还有一个人直着嗓子朝我喊，小东你还记得我吗？你小时候我抱过你，你还尿了我一身。他的话引发一阵哄笑，我则臊得想一头扎到地底下了……

我就是在这样一种尴尬中走马上任的，这也预示了我的厂长之途不会太过顺利。这怨不得别人，只怨自己太小——我知道原因却无力改变。就是这样。可我还是想改变并证明一点什么。可我能做什么呢？

我们家的修理厂其实就是一个作坊，加上我这个厂长也不过七八个人，所以我这个厂长当得有多憋屈你们不用想也知道。办公室只有七八个平方米，只有一张普通的写字桌和一把椅子，沙发是半成新的，还是为顾客准备的，除此之外诸如年轻漂亮女秘书、气派豪华的小汽车等等一概没有。有的只是满是油污的地面、面目丑陋的汽车零件和七八个满身油腻满嘴粗话的工人。我进厂第一天就满心厌恶,白痴才会干这个行当呢!可最后我就是干的这一行。当然这是后话,权且略过。

马叔领着工人干活去了,我四处溜达了一圈觉得很无聊,就坐在一堆旧零件旁在地上画画玩。先画了一条河,并在河道中画出欢快的流水,然后用脚涂掉,再在原处画一只小鸟。我为这只小鸟画出了三副翅膀,因为我知道它接下去要赶太远的路程,两只翅膀肯定不够用——虽然我不确定它要去哪里,但是知道它首先会离开这里;虽然我不确定它要去哪里,但是知道它要去的地方离这里一定很远……画了两三幅画就到了中午。下班前马叔找到我说厂长有一件事情要请示一下!

我急忙站起来,马叔,你就叫我小东吧!

马叔:那不行!厂长就是厂长,不能坏了规矩。

这话让我很感动。我问你要说什么事情?

马叔说是这样,你爸生病前我们厂中午都管饭的,你爸病了后就没人烧饭了,这一阵工人都自己在外面吃,你看这事怎么处理?

以前厂里每天中午都要管工人一顿饭,当时负责做饭的是我妈妈。爸爸当时的想法一方面可以节约工人的午休时间,另外一方面也可以为我妈妈开一份工资。爸爸生病之后妈妈要照顾爸爸就没人做饭了。我问马叔这一阵工人是怎么吃的?

马叔说大部分工人都在附近小摊子上随便吃点面条什么的,住得近就回家吃。

我再问马叔,你觉得应该怎么办?

马叔说以前厂里都管午饭的，工人都习惯了，最好还是继续管。

我说可我妈妈来不了，她要照顾我爸……

马叔说是啊！最麻烦就在这儿。你妈妈菜做得好吃，人也随和，大家都很尊敬她，最好她能回来，如果不行就只能找个人先顶着，等你爸身体好了再让她回来。

我说上哪找人呢？

马叔说要不我回去问问你婶，她在大市场给人看摊，看看她能不能抽点时间每天上午来给大伙儿烧个饭。

马叔说的婶就是他老婆。我问婶能抽出时间吗？

马叔说她也挺忙的，要不今天下班回去我问她一下？

我说好。

中午下班后工人们三三两两地找地方吃饭去了，马叔家比较近，要回去吃，走之前邀请我跟他一块回去，我拒绝了。他走了之后我正要走，迎面遇到刘会计，她笑眯眯地对我说，怎么没去吃饭？

我说这就去。

刘会计说你等一下，转身进了房间，不一会儿一手托着饭盒，一手托着饭盒盖走过来，饭盒和饭盒盖上各堆着一些饭菜。她把饭盒递给我，随便吃点吧！

我说不用不用，我出去吃一样。

刘会计：我今天的饭菜带得多，分着吃吧！到外面吃不卫生还贵，费那个钱干吗？

我推辞不脱只得受了，和刘会计边吃边聊起来。我对刘会计说

吹口哨的发动机

我对厂里不熟，你以后要多教教我！

刘会计：那还用说，你是我看着长大的，跟自己孩子一样，再怎么也不能让你受别人欺负。你放心吧！说着话还把自己饭盒盖上一块肉夹给了我。我则差点落下泪来。

快吃完时刘会计说，这几天中午工人都在外面吃饭，时间长了也不是个事情，你有什么打算？

我笑了，告诉她刚才马叔还和我提了这事。我跟马叔商量了一下，还是准备管大伙儿中午的饭。只是烧饭的人是个难题，马叔想让马婶先来顶一阵。

刘会计：你这孩子傻呀！

我问怎么了？

刘会计：找个人来不要多开一份工资呀！

我说不开工资谁会来呢？

刘会计沉吟了片刻，要不这样吧！我呢平时也不太忙，要不每天中午我来给大伙儿烧一顿饭吧，这样也不用再找人了，还能节省一份工资。

我有点晕了，问你的意思是你烧饭还不用多开工资？

刘会计：对。厂是咱们自己的，能省就省一点吧！

我说那要能这样就太好了，不过这合适吗？

刘会计：有什么不合适的，你就听我的。

下午下班时我跟马叔一路，在路上我跟他说了刘会计的事，让他不用再跟马婶商量了。马叔听了嘿嘿直笑，连声说那也好，也好。

晚上我回到家第一件事就去看了一下爸爸，他正躺在床上休息，妈妈在收拾房间。见我进来爸爸问了一句什么？妈妈翻译说爸爸问我今天怎么样？

我说一切正常，大家都很支持我。把刘会计要求烧饭的事情说了一下。

爸爸一听腾地坐了起来，问你答应了？

我说答应了呀！

爸爸用手指着我，你……你……

稍后我才明白爸爸生气的原因。马叔与刘会计都是厂里元老，一个修车技术全面，另外一个则掌管着厂里的财务大权，不仅如此她与当地的税务、工商、银行等关键机构都有很不一般的关系，上上下下都能够得着说得上话，这么些年为厂里争取过很大的优惠条件。这也是我们这个厂能坚持下来另外一个重要因素。但是马叔和刘会计之间却相互不对付，太过激烈的争吵不多，平时互相摔个脸拌个嘴倒是常事，只看在厂里的效益不错也看在父亲的面子上彼此才相安无事。但是这次我将烧饭的事先答应了马叔最终却给了刘会计，这事做得实在是不怎么靠谱，也必然激化两个人之间的矛盾。可我哪里知道人与人之间会如此复杂呢？屁大点修理厂星星点点的七八个人还搞得水火不容的，你借我两个脑袋我也想不明白的。既然捅下了娄子就得设法解决，我问父亲下面应该怎么办？

父亲反问我，你觉得应该怎么办？

我说我准备把烧饭的工作从刘会计手里收回来，重新找个烧饭的。

父亲说那你就把两个人都得罪了。

那应该怎么办？

父亲想了想，就把这事交给刘会计吧！不仅让她烧饭还得给她另开一份工资。

可她说了不要工资的！

父亲冷笑了一下，不要工资她会抢着烧饭？你以为她闲得慌？你如果不单独付她一份工资她随便在什么地方做点手脚都够你受的。

马叔那边怎么办？我问。

父亲叹了一口气，再看吧！

这事过后我特别自责，我没想到刚出道就栽了，被人轻易玩弄于股掌之间还以为干了一桩特划算的买卖，真应了民间一句老话：被别人卖了还帮别人数钱。自这件事之后马叔对我不像以前那么热络了，平时很少跟我说话，我一直想找机会跟他缓和一下关系却不可得。就在这期间发生另外一件事情加深了我和马叔之间的矛盾。

事情出在图兰身上，却与大姐有关。

大姐是唐氏综合征患者，生活不能自理，也缺乏对外界的基本反应能力，但是对我却非常好，每次当爸爸或者三姐揍我时，她总是冲上来护住我。妈妈很疼大姐，经常会偷偷塞点好吃的东西给她，她则会给我留着。我小的时候经常会牵着她去街上玩，那是她最开心的一段时期。后来上学了我就不怎么愿意再带她出去了。我怕丢人。可大姐还是一如既往地对我好……自从我离开学校进入修理厂之后，每天出门时大姐都会送我到门口。我不知道她是不是知道我身上的某种社会性的身份转变，她是出于对我的某种担心吗？大姐喜欢去街上玩，母亲稍一疏忽她就会溜出去。那天下午大姐又出去了，在街上遇到几个小破孩，他们合伙欺负大姐，用水果皮、土坷垃砸她，把她砸得坐在地上直哭。正巧那天图兰路过，他知道是我大姐，把那几个小孩赶走了，还把大姐送了回来。妈妈对图兰千恩万谢的，问他叫什么？图兰只说我是赵小东的朋友就走了。当天下班回来三姐把这事跟我说了，还神秘兮兮地问我，你知道图兰最近的情况吗？

我说不知道。三姐说他已经从家里搬出来了。

我问为什么？三姐说那又不是他家，他干吗还要待在那？

我说那图大娘不伤心死了？养了他那么多年！对了，他搬出来住哪？

三姐说他住城东运河搭桥下面的桥洞。三姐说要不我们去看看他吧！

我说我跟他好多年都没来往了。

三姐说人家对你可挺好的！

我说这么多年都没见面有什么好不好的。

三姐：那人家今天还把大姐送回来了，出于礼貌你也应该去谢谢人家。

我想想也是这个道理，说那好，吃过饭我就去。

三姐：吃饭还有一会儿，要不我们现在就去吧。

位于城东面的运河大桥是我们这个小城不多的几处景点之一，

吹口哨的发动机

在引桥部分有一些桥洞，一年四季都有人占洞而居，大部分是外地的农民工，其他三个季节还好，冬天时桥洞下还是很冷，曾经有过一个住在桥洞下的河南人被冻死的记录。我和三姐果然是在一处桥洞下找到图兰的。我们的出现让他很不自在，身体挡在洞口并不想让我们进去，透过身体的缝隙能看见里面；不大的空间，地上铺着一张草席，还有一床破被子。已经是小阳春的季节了，图兰还穿着一件大棉袄，一头乱蓬蓬的长发，一绺一绺地纠结着，脸上黑乎乎的满是泥垢，三年没洗过似的，神情冷漠且含混，一份不甘却又无奈的混杂。真想不到，以前那个白净帅气引无数女生魂牵梦绕的英俊少年已经落魄成了如此模样，让我内心唏嘘不已。

你们怎么来了？

听说今天你把我大姐送回家的，过来谢谢你！

不用客气！没什么的。问我，你应该上高中了吧？

我说我不上学了，工作了。

图兰愣了一下，怎么会？

我说的确是。

哪个单位？

就是我们家的修理厂。

图兰还是很疑惑，你怎么会不上学了呢？

我说家里出了点事……家里的需要。

三姐在一旁插话道，他现在是厂长了！

是吗？图兰眼睛亮了一下。

我说也就是顶了个厂长的名。说说你吧！现在怎么样？

图兰：还好。

平时都忙什么？

瞎忙。

他对我的话不是太感兴趣，有一搭没一搭的，说了一会儿后话就到了尽头，又站了一会儿我和三姐走了。临走时我把为他买的两包香烟丢给了他，他稍作推辞收下了。

已经是晚上了，小城主街道上不多的几盏路灯渐次亮了，灯光中有着与小城一般的暗淡，照得故乡与人生一样昏暗和逼仄。我和三姐一路上都没说话。时隔多年再次见到图兰让我内心中有一种说不出的滋味，我想三姐大概也是。走了没多远，身后响起一阵急促的跑动声，等一下！请等一下！

我们回头一看是图兰。图兰气喘吁吁地跑到近前，我忘了问一下了。你们厂里需要工人吗？

我顿时想起四年前他请我吃饭的事，当时他就是为了能进修理厂才请的我，想不到这么多年过去又一次轮回。

看我半天没说话，图兰说，我能去你那工作吗？

我急忙摇头，不行，不行。

为什么？

我说厂里最近效益不是太好，人也满了，一个人顶一个坑，不大好安排。

图兰哦了一声，那算了！沮丧地转身走了。

看着他的背影我内心歉疚得要命，可我没办法，我帮不了他。这时三姐突然叫了图兰一声，你等等！

吹口哨的发动机

图兰站下了。

三姐拽了我一下,你就让他去吧,随便给他安排一个事。

我小声说,你又不是不知道,这事我说了不算。

三姐声音陡然提高了八度,你是厂长,只要你说谁敢不听?

我说老爸那边能答应吗?

三姐:那就别跟他说不就完了,只要瞒着爸爸,我们自家的厂,进个工人难道还要听别人的不成?转向图兰,就这么定了,你就明天去上班,我看有谁敢说什么?

图兰便看我。

我说要不这样吧!你给我点时间,我想想办法。

图兰还没说话,三姐又在一旁嚷嚷开来,图兰,你别听他的,你就明天去上班,你要是不敢去,明天我陪你去!

我对三姐说你这么急干吗?

三姐:就急!

我说那老爸知道了怎么办?

三姐:我负责!

三姐一句话说完大家没再说话,路灯将三个人的影子投在地上,我们站在各自的影子中,我们无法站到别人的影子中,因为我们没法舍弃自己的……

那天在运河桥下尽管遭受到图兰和三姐的双重压力,我始终没有就范,只答应尽力而为试一试。对我的决定图兰显得很遗憾,坚持了一会儿后悻悻地离开了,三姐则对我的态度恼怒异常,回去的路上不停地指责我不近人情,是人渣、猪,我稍稍顶了一句嘴,她抬手就是一巴掌，还揪了我两次耳朵，把我的耳朵都快揪脱了……

妈的！我好歹也是一个厂长。

第二天上班我还是跟马叔说了图兰的事。

怎么说呢？昨晚面对图兰的请求时我表现出的推诿之意其实并非我内心的真实反应。对于图兰的请求我其实没有丝毫的抗拒力量，这不仅因为四年前他请我的那一顿饭，还因为那是四年前本身这一事实——当时我才12岁，图兰也不过16岁，两个少年在那么一种年龄下以请客喝酒这种成年人的仪式或者方式结识……我至今还记得被图兰灌下了一大杯啤酒后满嘴的苦涩滋味，而我们当时揣着怎样一颗简单且容易被各种事物亲近的心！所以图兰的事我不能不管。

马叔刚到厂，正在休息室换工作服，我进去时他嘴里叼着一根烟，双手扯着裤子正将一条腿往裤管里套，烟熏得他眯起了一只眼，你今天来得挺早！他说话时嘴唇上的香烟微微颤动，随着话语喷出一缕一缕的烟雾。

我说马叔我找你商量点事！

什么事？马叔将一条腿套进裤管后中断了穿裤子的动作，伸出一只手从嘴上摘下还剩下半截的香烟，顺势用手背抹了一下眼睛，另一条裤管软软地搭在他的光腿上，腿毛浓密。

我有一个朋友想来厂里上班，你看——？

马叔的表情顿时凝重起来，什么人？

我大致把图兰的情况介绍了一下。马叔听了后为难地说，我知道这孩子。照理说这孩子现在挺困难的我们应该帮一把，可你知道

吹口哨的发动机

咱们是个小厂，一个萝卜一个坑。

我说马叔厂子虽然小，总会扩大的，我们可以为将来的发展储备一点人才了。

马叔被我说得一愣，没料到我这个小毛孩子能说出这种话。其实这话是昨天刚从电视新闻中听来的。马叔沉默了一会儿又问，你爸爸知道这事吗？

我说我爸爸身体不好，这种小事就不要打扰他了吧！

马叔沉吟了片刻，反正你是厂长，你决定好了。连抽了两口烟，扔掉烟头，我先去干活了。说着将最后一条腿利索地塞进裤管，站起身拎上裤子走了。

我决定再去和刘会计商量一下，只要刘会计同意，说起来也是2票赞成1票反对。我来到会计室刚把意思说出来，立刻遭到刘会计的激烈反对。那不行！我们这么多人已经够多了，再进来人也没活干啊！

我说一个厂多一两个人也没什么坏处，多一个人就多一份力。总会有点用的吧！

刘会计：有用肯定有用，可你想过没有？多招一个人就要多开一份工资和奖金，再加上国家规定的一些保险、医疗和福利待遇什么的，多一个人对于我们的小企业就多一份负担，这些你想过吗？

这些东西对我而言太过陌生，我也的确没想到，可还是有点不甘心，强词夺理地说那我不是进来了吗？怎么没人反对？

刘会计笑了，你傻呀！你跟别人能一样吗？这厂是你爸爸开的，你们家的人要进来谁能说什么？

马叔的反对是我预料到的，来自刘会计的反对却出乎我的意料。按我的理解凡是马叔反对的刘会计一定会赞成。不过话说回来，刘会计说的也在理，为了一个人损坏大家的利益的确也不恰当。

图兰进厂工作的努力就此宣告失败。在此事上马叔和刘会计均持反对意见，但是我只恨马叔。我总觉得他是在为上次我没安排他媳妇烧饭在报复我，心里直把他恨了一个洞。

图兰进厂工作失败的事我没有立即通告三姐。不是自己心存侥幸指望能峰回路转，而是不知如何启齿。三姐有时问起来我总是说正在办，你们耐心点。再后来我都不愿意和三姐照面了，有时下班后宁愿去看一场电影也尽可能晚点回家。

有一天下午下班，刚出门就被图兰截住了。当时他蹲在路边上抽烟，看见我立即站起身迎上前招呼道，下班了？

我咦的一声，你怎么在这儿？

图兰说我在等你。

我对他说，你的工作的事可能有点麻烦……

图兰说我不是来问你这个的。

那是什么事情？

你三姐说你办公室电脑能上网，我想请你帮忙上网发个东西。

我问发什么？

图兰：先去你办公室再说吧。

我说我办公室网络坏了，电信局这两天一直说要来修一直没来。其实办公室的网络没有坏，我只是不想把他带到单位里来，为什么我也说不清。

他很失落，那怎么办？

我问你很急吗？

图兰：是。

我说那我们去网吧。

随着网络的兴起，网吧应运而生，花朵盛开一般遍布大街小巷。我和图兰随便找了一家临街的网吧，坐下后他从口袋里掏出一张皱巴巴的纸片，上面是一行网址，敲开网址后发现是一家寻亲网站。我问图兰想干吗？

图兰说我想在这家网站上登一个寻亲启事。

我顿时反应过来，你还在找自己的家？

图兰：是。咬咬牙，这辈子不找到不算完！

我不说话了。接下去的半个多小时我们俩绞尽脑汁编出了一篇寻亲启事，基本上是他口述我打字，好不容易凑成了一篇完整的文字，最后关头图兰问我，你说要不要加点赏钱？

我问你什么意思？

我觉得光这样干巴巴启事大概不会有多少人关注，有点悬赏可能效果就不一样了。

我想想的确是这个理，问你准备悬赏多少？

他歪过脑袋想了一想，就写10万人民币吧。

我吓了一哆嗦，这么多！你有这么多钱吗？

图兰笑了，我只有10块钱。

那你这不是骗人吗？万一有人真帮你找到自己家了，你拿什么兑现悬赏？

图兰冷冷地，只要能找到家就行，其他到时再说。万一我家很有钱呢？

我说你这样不对，既然悬赏就要兑现，不然就是骗人。

他不耐烦地，你就写上去，能不能兑现是我的事。

见他这么说我就不好说什么了。这的确不关我的事。于是在启事末尾注上了10万元的悬赏，一点鼠标公开发到网站上去了。另外需要补充的是，在填预留联系方式条目时图兰想留下我的手机和电话，我没同意，建议他留一个QQ号，先用QQ联系，如果有了眉目再用电话沟通。他同意了。我又帮他现场申请了一个QQ号，教了他一些简单的使用方法。

出了网吧后天已经快黑了，图兰说要请我吃饭。我拒绝了。他兜里只有10块钱（上网费还是我帮他付的），真要吃每人也只可能吃一碗面汤加一块饼什么的，再贵他就付不起了。就这样他还许诺了10万元的悬赏……

回到家后总觉得心里堵得慌。今天图兰的一些举动让我有点闹心，也说不上为什么。吃过饭之后三姐找了一个机会把我拽到一边问起图兰进厂工作的事，我也不瞒她了，把前两天跟马马叔和刘会计交涉的前后经过和盘托出。我说我也尽力了，这事只能先这样了，以后再找机会吧。

三姐一把抓住我的胳膊，等等！你把刘会计的那句话再说一遍。

吹口哨的发动机

我问哪句话？

三姐：就是我们家里什么的。

她就说厂是爸爸开的，家里的人如果要进来别的人也不能说什么。

三姐一拍我的肩膀，对呀！我怎么没想到呢？

我说你想到什么？

三姐咬牙切齿地，他们不是说只要是自家人就可以进厂吗？那我嫁给图兰，跟他结婚。

我啊的一声，你疯了？

我以为三姐只是一时之气，没料到她是当真的，一星期之后她就正式宣布要和图兰结婚。这一下捅了马蜂窝一般，家里顿时乱了。爸爸妈妈先是好生相劝，三姐却铁了心非图兰不嫁，老人家一怒之下把三姐关了起来，每天吃饭都是由大姐送到房间的。即便看管森严，一天夜里三姐还是撬开窗户逃了出去。第二天当发现三姐逃跑后，妈妈一屁股瘫坐在地上号啕大哭；爸爸已经很久没说过一句完整而清晰的话了，那天躺在床上清晰异常并咬牙切齿地说了一句，就当我没有这个女儿！

三姐就这样和图兰走到了一起。后来细想，三姐对图兰的好感其实由来已久，我刚跟图兰认识——就是被一瓶啤酒灌醉的那次，三姐三更半夜溜进我的房间，不厌其烦地向我打听他的情况。还有那次看完夜场电影回家路上遭遇到的打劫，图兰在认出我后本来已经放弃离开了，她却追上去硬塞给他了一把零钱……至于图兰在此事上的态度，我相信他应该完全是被动的，如果说他有一点私心杂念，那就是他相信与三姐在一起后就能顺利进修理厂工作了，这可能还是三姐误导的结果。

两个人还是天真了！

与图兰走到一起后不久三姐偷偷找过我一次，她不敢直接去厂里，先打了一个电话约我在附近偏僻路口见面，怕别人认出她那天还特意用一条大围巾把大半张脸遮掩住了。一开始我都没认出来，她叫了我一声我才认出她。我问找我有事吗？

三姐说还是想让我考虑一下图兰进厂工作问题。顿了顿，补充道，他是你姐夫了，是一家人了！

三姐显然想得简单了——恋爱中的女人。先不说图兰究竟是不是我姐夫——她与图兰并没有正式结婚——图兰年龄不够，而且户口簿还掌握在我爸妈手里，只要爸妈不同意，他们这辈子都别想结婚。两个人充其量不过是同居关系，况且她也应该仔细想想，经她这么一折腾图兰还可能再进这个厂吗？现在已经不是图兰的问题了，而是三姐本人还算不算家庭一分子？如果这一点都已经不成立了，那与之产生联系的图兰更是无从谈起，所谓的皮之不存毛将焉附？但是我不忍心说出这一切。我对三姐说，这事我正在办，你们别急！

我的话让三姐放松了不少，问爸妈还好吗？

我说都挺好，就是有点生你的气。埋怨道，你也是！干吗要跑呢？有什么事情不能商量？

三姐叹了一口气，你在家多帮我照顾一下爸妈，还有大妞……

在与我说话的过程中三姐始终捂着大围巾，时不时贼一般地四

吹口哨的发动机

处张望一下,一副惊魂未定魂不守舍遭受到某种强烈惊吓的样子,看得我心酸。

三姐和图兰走到一起之后遇到的第一个生活困扰不是来自家庭的——自她翻窗逃走之后,家庭对她也就不再构成压力或者困扰了。困扰来自于生活的阴暗处,来自一束经由虚构而出的光亮的勾引……

不知从什么时候开始,K城多了些奇形怪状的陌生人,这些人来源宽泛,有的来自广东、湖南、福建,有的来自辽宁、湖北和烟台;他们形象不一身份各异,有的西装革履面目光鲜,有的衣着褴褛形容猥琐。无论有多少差异,他们来此的目的却只有一个,认亲,对象则牢牢锁定在图兰身上。这些人都称自己在过去的某个时间中丢失过一个孩子,并运用各种招数想使图兰相信他就是自己当初丢失的那个孩子。也许是寻亲心切,图兰对所有来者都热情有加,请吃饭、安排住宿、离开时再奉上一点当地土特产(这一点得视其时的经济能力而定)。有时为节省的考虑还把人往家里领,管吃管住的。这一来三姐不高兴了,就跟他吵。有几次三姐还跑到我这里哭诉,让我劝劝图兰云云。一听此事我立即意识到问题的症结所在,就是发布在网络上的那则寻亲启事;不是寻亲启事本身,而是启事中允诺的10万块钱的悬赏。如果我的猜测没错,这些人中的绝大多数者是冲着这笔赏金来的,因为图兰无论如何幸运,他的亲生父亲也只能有一个,不可能有第二个。如果这一判断没错,那么多人齐聚于此就只能是闹剧一场。

出于此种考虑，也出于对三姐的维护，一天下午我给图兰打了一个电话，约他见个面。

图兰谨慎地问有什么事？

我说见了面再说。

图兰：那在什么地方见？

这一问倒把我给问住了。自从三姐以私奔方式和图兰走到一起之后，他便已经成为我们全家共同的"敌人"，我再在大庭广众之下与他朋友一般吃喝玩乐便有点犯忌讳了。我说你有什么好地方推荐一下吧！

他沉吟了片刻，去澡堂吧！

这个建议很是出乎我的意料，也不及多想，半个小时后我到了浴室。这是K城最古老的浴室，据说是民国时期建的。以前这家浴室的生意很好，后来随着居住条件的逐步改善，大家洗澡再不用像赶集一样聚集于此了。

浴客不多，我在更衣区逗留了一会儿，没看见图兰，便脱了衣服先下池了。

我已经很久没来公共浴室洗过澡了。记忆中还是上小学时跟父亲来澡堂洗过，掐指算来也已七八年之久了。浴区基本是原来的格局，一个大水池，沿墙一排是淋浴，整个浴区热雾弥漫，仅有的两三个浴客的面容模糊，身体光滑。

我在池边坐下，先将双腿放到水池中浸了一会儿，等适应了水温之后才将身体沉到水池中。热乎乎的水围裹着身体，自下而上的一股浮力把整个人托举起来，脱离水面并在半空中悬停……

你来了？一个人坐到我的旁边，身体落入水中时水势似乎又向上生长一层。我转眼一看是图兰。

你怎么会找这么个地方见面？

图兰：我猜你可能会喜欢在这种地方。

我笑了一下。

说吧！什么事？

听说最近外边有很多人来找你？

图兰：怎么了？

现在的人很复杂，你要当心！

图兰：你想说什么？

我说希望你删除那则启事。

为什么要删？我还指着它找到我家里人呢！

我说你看不出来吗？来找你的人中大部分都是冲着你那10万块钱悬赏来的。

那又怎么样？我就是要让人知道这件事，知道的人越多越好。再说我又不傻，他们冲着钱来就一定能得到那笔钱？

我说问题在于你用这种虚构的方式是不可能达到自己目的的，却可能给你们生活造成干扰……

图兰：我明白了！肯定是你三姐跑你那里说了什么是吧？我可告诉你，没事别听你三姐胡嚼。她整天就知道钱钱钱，来个人吃顿饭她都恨不得把我砍了……

我说你这么说话就没劲了，这明明是你惹出来的事，你怪别人有意思吗？

图兰一下火了，我就知道你们看不起我，我做什么你们都横挑鼻子竖挑眼的……

我说你没良心，三姐为了你都把一家人都得罪了你还这么说她。

我不跟你说！以后我的事你们少管。图兰腾地从水池中站起来，因为动作过于迅捷，下身那玩意儿愤怒似的抖动了一下。他爬出水池走了，转身离去时呈现给我的是一面白得耀眼的屁股。

图兰走了。水池中顿时变得空旷了，我觉得有些异样，老半天才反应过来整个水池——整个浴区只剩下我一个人了。那一瞬间我有一些恐惧，感觉整个世界只剩下了我——谁知道其他人都去了哪里？我首先反应就是赶紧上去，赶回到人群中去，身体却有点贪恋刚刚适应的水温——人在舒适水温中的确很惬意，这种惬意还催生出一丝睡意，我把头靠在池壁上舒服地闭上了眼睛，然后就真的睡着了。也不知迷糊了多久，突然一下被惊醒过来，看见一张熟悉的脸在我的脸前晃动，我哇地坐了起来，你干什么？

醒了？图兰问。

我揉了揉眼睛，现在几点了？

图兰：五点多。你也真够厉害的，这种地方也能睡着，就不怕滑下去淹死？

我说你怎么没走？

图兰：我已经出门了，想想觉得你说得有点道理，又回来的。妈的！还又买了一次票。

我说你什么意思？同意我的意见了？

吹口哨的发动机

图兰点头，我可以把那 10 万元赏金从启事中删了。不过你得答应一个条件。

什么？

图兰：你把我弄到你的厂里去上班，这样行吧？

这已经是他 N 多次的请求了，前几次都被我不假思索地拒绝了，这次却让我有点不大方便拒绝，或者说不忍心再拒绝了。我想了想对他说，行！

一言为定！

一言为定！

出了浴室我们去了网吧，图兰当着我的面将 10 万元的悬赏从启事中删除了。

自此之后来认亲的人逐渐减少了，三姐的生活慢慢恢复了平静。可是作为条件交换的一部分，图兰工作的事情却一波三折，最终还是没能兑现，不得已之下我将他介绍到了一家饭店做了一名茶水工……

接手了修理厂之后，除了处理厂里的大小事务之外，我的另外一项重要工作就是应酬和吃饭。我们家的厂子虽小，但是应酬不少。所以我接手修理厂之后的一项重要的工作就是吃吃喝喝。当然，其中深得刘会计的帮助，许多人都是买她的账，到了某个时候她也会提醒我该和什么人见见了，然后由她出面张罗，约定人员、制定规格标准、敲定时间地点，我要做的就是在酒桌上将来宾陪好。我的酒量大家是知道的，一杯啤酒就能把我灌得东西不辨了，后来喝得次数多了酒量涨了一些，只是成长的速度始终赶不上我要陪的那些家伙对我的期望……这里面还有一件趣事，最初一两次我是直接被客人灌倒在桌子上，被送回家时已经人事不省，妈妈见了心疼得立即哭开了，坐在椅子上的爸爸却哈哈大笑，用一只脚踢着我的屁股，你个熊样，真能给我丢人！

因为隔三岔五就会有应酬，刘会计便在我们厂附近的明月海鲜大酒店定了点。酒楼老板是一个温州来的三十多岁的女的，精明能干，生意操持得很好。当时酒店刚刚兴起一种风潮，开始有了茶工。就是那种拎一把长嘴茶壶给客人逐个斟茶的人。壶嘴越长越显茶工能耐。我曾经看过一个茶工背的壶的壶嘴足有一米长，竖起来的壶嘴比他人还要高，斟茶时他必须退离餐桌两米远才能拉出恰当的距离；这些茶工斟茶时花样百出各施奇招，或弓腰搭背或金鸡独立或运气开声，更有能者竟然能背对桌子，壶嘴倒扛，朝后一仰身体，茶水像一条线一样从壶口中笔直地射出，稳稳充入杯中，脑后长着眼睛一般。今天再看，这类的把戏其实很不登大雅之堂的，可在当时的K城却成了一种时尚。很多人就为看一场斟茶表演才来的饭店。

有一天我在这家酒店请客，中途突然想起了图兰的事，就问在一旁陪酒的老板娘，陈姐！我有一个亲戚，能不能来你这儿找点活儿干？

陈姐还以为我是给他推荐厨师，问你的亲戚是红案还是白案？

我说他不是厨师。

那他能干什么？服务员？

吹口哨的发动机

我说干服务员也太埋汰他了,让他当个茶水工吧。

陈姐伸手捏了我一下肩膀,赵厂长推荐的我也不敢不收啊!

酒桌上有人起哄,那赵厂长要敬陈老板一杯酒才行。

我说应该的!应该的!端起酒杯就灌,入口太急被呛了一下,引发了一阵剧烈的咳嗽,一口酒全喷了出来。

大家不依不饶,浪费酒要罚,一个人指着一瓶剩下约四分之一的残酒说,你得把这个喝了才行!

我当时已经喝多了,整个人都懵懵懂懂的,经他一撩拨抓起酒瓶就要喝,被陈姐一把拽了过去,对众人,他已经多了,不能再喝了。

一桌人都不答应,说你心疼他你就把这酒代了。陈姐稍稍犹豫了一下,一抬头一口气把瓶子里的酒全灌了下去……

图兰的工作就这样解决了。

图兰的工作解决了,但是三姐的遗留给我们一家的愤懑还在持续发酵。不可否认的一点,三姐离去时表现出的决绝态度让我们全家每一个人在感情上都难以接受——一个与我们朝夕相处的生命,我们一直都以为她是我们中的一部分,是我们身体和内心情感中不可或缺的一部分,我们像珍惜自己一样珍惜爱护着她,可是有一天她为了一个外人抛弃了这一切,她以一种近乎割裂一般残酷的行为否认了我们对她所有定义和认识。我想这就是让全家人难以接受的原因。

三姐和图兰走到一起后两人在城北近郊处租了一个两室套房居住。这事三姐跟我提过,还让我有时间去玩,我一次都没去过。不是没时间，也不是不想去，而是不能去。三姐以她的决绝刀子一般在全家人的感情上拉出了一道伤口，此种情态下，我与三姐的任何来往都将被视为对这个家庭的不忠，是一种往伤口上撒盐的行为。所以尽管三姐多次邀请我却始终没有登过她的家门，即便有事需要见面也是躲躲藏藏的，就像此种情态下我与图兰的交往一样，见个面都得挑浴室这种隐秘的地方。

一个周末的上午，我起床吃过早饭后妈妈悄悄地把我叫到一边，先问了一下最近厂里的情况，话题一转问最近可有你三姐的消息？

我说没有啊！我都不知道她现在是不是还活着？

母亲：不许胡说！压低了声音，我腌了一些香肠，你给你三姐送点过去吧！

我啊的一声，干吗要送给她？我又不知她在哪！

妈妈抬手打了我一巴掌，叫什么？往我手里塞了一个纸条，地址在上面，出去时小点声，别让你爸听见。

香肠腌制后已经晾晒过了，一节一节的，就形状看更像香蕉，当然它比香蕉要长，透过羽翼一般的肠衣，能看见里面被揣得紧紧的碎肉，白花花的肥肉，瘦肉是夹杂其间的暗红色。

以前不便登三姐的门是顾忌家人的情绪，现在有了妈妈的旨意也就无所顾忌了。想想也有意思，家里人每次说起三姐都是一副咬牙切齿痛心疾首的架式，可是私下里却又与她保持着某种联系，起码我和母亲是这样的。人真是一种复杂的动物。

三姐住的地方接近城郊。这一带多是一些外来务工人员，居

吹口哨的发动机

住条件和卫生环境都有问题，但是房租便宜，三姐如果不是迫不得已是万万不会跑到这种地方居住的。我按照纸条上写的地址没费什么周折便摸到三姐的住处——一幢六层楼的三楼。上到三楼后我先敲了两下门。屋子里有一个略显嘶哑的声音传出，谁呀？房门缓缓开了，三姐从门后伸出头，她的头发散乱，脸上青一块紫一块的，有一只眼睛灯泡一样肿着。看到是我，三姐一惊，接着就要将门掩上，我踏前一步用肩膀死死抵住门，硬顶开一条缝闪身闯了进去……

你来干什么？你出去！出去！三姐声嘶力竭地朝我大喊大叫，边喊边朝后退。

我看着她脸上的伤痕，不住朝她逼近，咬牙切齿地问，是谁？是哪个王八蛋？

三姐一退再退最后贴着墙壁缓缓地瘫坐在了地上，呜呜呜地哭开了……

我怎么也没想到，把三姐打成这样的人竟然是图兰——我的那位姐夫，更让我想不到的是他打人的目的只是为了要钱。三姐高中毕业后就进了一家毛纺厂工作，每月的工资都是自己存着，家里一分钱都不要她的，这些年下来也存了一点钱，与图兰走到一起后几乎所有的生活开销都是三姐承担的。这一点本无可厚非，谁让他们是这种关系呢？开始时图兰对他们已有的生活很满意，对于他这样一个朝不保夕的人而言，能吃饱穿暖够得上平常人的生活便满足了。可是在发现三姐有一笔钱后像变了一个人，开始变着法子跟三姐要钱，三百五百一千两千，如果三姐不给他就在家里砸桌子摔凳子地发脾气，拿到钱后就会外出一段时间，等钱用完了才会回来……

我问三姐，他拿钱都干什么了？在外面找女人？

三姐摇头，他是去外面找自己的家，他想知道自己是哪里人？家里还有谁？

那找到了吗？

三姐又哇哇大哭起来。天下那么大上哪找呀？他左一趟右一趟往外跑，家里的一点钱都被糟蹋光了。昨天我刚发了工资他今天又跟我要，我没给他就打我……

我问他现在人呢？

三姐：走了，说是要到竹临去赶火车。

我追问：几点走的？

三姐：早上9点。

我看了一下时间，现在是10点多一点，就是说图兰最快也才赶到竹临。

我对三姐说你先歇着，我去办点事。

三姐警惕地，你去哪？

我说有个客户的车坏了，厂里要加班，我去照看一下。

离开三姐家之后我迅速奔到街上，伸手拦了一辆出租车。上车之后司机问我去哪？

我说去竹临火车站。

竹临距离K城30多里地，是周围几个县镇唯一的铁路营运点。

吹口哨的发动机

　　半个多小时后到了竹临火车站。我先去了候车室找了一下，又去了售票大厅逛了一圈，看车站广场上聚集了一些人，也跑过去在人群中来回走了两趟，终无所获，再回到候车室继续找。按时间计算，图兰这时应该差不多到了，可就是找不到他。候车室里人很多，纷纷扰扰的，广播里不停报告着列车进站以及各车次检票通知。我灵机一动，找到一个貌似领导的车站工作人员，谎称有公事要找一个单位同事，问他能不能帮忙用广播报一下。工作人员看我满脸着急的样子不像开玩笑，找出一张纸让我写下要找的人的名字便走了。过了三五分钟后广播里就播了：K城来的旅客图兰请注意！你的同事有急事找你，请去候车室门口见面。一连播了三五遍。我在候车室门口等了一会儿图兰果然出现了。他背着一个帆布包，神情疑惑地一路东瞧西看地走过来。我快步迎上去，他看见我咦了一声，你怎么在这儿？我根本没跟他废话，抬腿一脚踹向他的腹部，他猝不及防哼的一声抱着肚子弯下了腰，抬起脸，你有病啊？话音未落又被我一脚踢在了脸上。他撑不住了，仰面倒了下去。

　　在这拳脚相加的激烈时刻，我想耽误大家一会儿时间，我想请大家允许我补充一件事情先。

　　前面我说过图兰大我三岁左右，比我高一个头，以前面对他我需要仰视的，印象中他高出一头的存在对我总是一种无形的压迫和威胁，这种压迫和威胁一直存储在我的记忆之中，前不久我们俩在澡堂见面时这种格局也没变。可今天当我们俩迎面相对的一刹那，居然发现他和我差不多高了，看他也不需要仰视了。那一瞬间我有一种短暂晕厥般的疑惑，时空错乱似的，接着才反应过来，这一阵没见我的个子长高了，而他却无变化。原本对他我还心存忌惮的，尽管我气势汹汹一路追踪至此，支撑我的其实只是一种血性的冲动以及为三姐报仇的信念，明知自己个头瘦小可能不是他的对手却一往无前，甚至做好被他揍一个鼻青脸肿的心理准备。可是当发现自己与他起码在个头上已经相差无几时，内心的勇气油然而生，迎面一脚踹向他的腹部，接着又一脚踢中面门……他倒在地上不停地喘着粗气，一只鼻孔流血了。他歪过脑袋恶毒地盯着我，你找死！突然起身，疾扑而至，我还没反应过来，他一头撞在我的肚子上，牛一般地把我撞翻在地，我们俩在地上滚作一团，你杵我一拳我还你一掌，情急时连妇女互殴时的招数都使出来了，扯头发、撕耳朵、掏裤裆无所不用其极。在地上翻翻滚滚鏖战了七八分钟后我们才被闻讯而来的执勤保安拉开，此时两个人都已筋疲力尽了，瘫坐在地上呼呼喘气。保安气势汹汹地说你们当众扰乱治安，跟我们走一趟。

我和图兰相互看了一眼，我想这下有麻烦了，一旦进去谁知道会怎样？于是说我不去。

图兰也堆起一脸的笑说我们俩是闹着玩的。

领头的保安看着他乐了，你都被揍成这样了还闹着玩的？有这么闹着玩的吗？跟我们走！

图兰急了，起身道，真是闹着玩的，我们俩是亲戚。

我也附和说我们的确是亲戚。

领头的保安狐疑地看看我们，一伸手把图兰拽到一旁，问了他

吹口哨的发动机

几句话后单独走过来，你叫什么名字？

我说我叫赵小东。

保安一指图兰，他叫什么？

我说他叫图兰。

你跟他是什么关系？

我咬牙切齿地，他是我姐夫。

领头的保安哈哈大笑，小舅子把姐夫给揍了，你们这是唱得哪一出啊？朝其他保安挥挥手，哈哈笑着走了。

保安走了，围观的人群也逐渐散了。图兰走回来，捡起落在地上的帆布包就要离开。我说事还没完呢！

他扭过头，你还想怎么样？

跟我回去，给我姐道歉。

我跟她的事不用你管！

这事我还就管定了。

图兰冷笑道，你还想再打？

打就打我还怕你？

图兰咬了咬牙，身体相应绷紧了一层，可不知什么原因旋即又松弛了下来，我没时间和你打，你要打等我回来。说完转身要走。我紧踩了两步蹿上前将他一把抓住了，抬手照着他的腹部就是一拳，图兰闷哼了一声生生地受了，身体在我的掌控下百般挣扎就是不还手。这架没法打了，即便如此我还是不打算放过他。相互纠缠了一会儿后他撑不住了，停止了挣扎，央求我道，我来不及了，你让我走吧！

我说你不是很厉害的吗？再打呀！尿了？

他可怜兮兮地，我真的没时间，求求你了！

我的好奇心上来了，抓他的手稍稍松了松，问你有什么事？

图兰：我要赶火车。从口袋里摸出一张火车票，十一点三十五分的，只有十分钟了，现在肯定已经检票了。

我问你要去哪？

图兰：北方。

去干吗？

图兰：前一阵有个朋友提供了一个线索，那边有一户人家二十多年前丢过一个孩子，说的情况和我有点像，我要赶过去看看。

我说你他妈的找了那么多地方都没找到，还找什么找？

图兰：只要还有一口气我就一定要找到，非找到不可！

就算你找到又能怎样？

图兰一愣，轻轻嘟囔了一句，我不知道。突然醒悟过来，我真的要走了，求你了！

我叹了一口气，抓着他的手松了，他朝我点点头撒腿往候车室跑去。

图兰走了，我紧绷着的身体和精神瞬间松弛了下来。松弛下来后才发现自己身体的各个部位都在疼——看来我也挨了那狗娘养的不少拳脚。我在原地站了一会儿，调匀了呼吸忍着痛走了。妈的！跑这么老远就为了打一架，最后还没能抓他回去，想想都有点窝囊。刚走了两步，图兰突然跑了回来，等等！

我问干吗？

吹口哨的发动机

他说我有个想法，我想请你跟我一块儿走一趟。

我一愣，为什么？

图兰艰难地咽了一口唾沫，这一次跟以往都不一样，很可能是真的，我有点害怕，有你陪着会好点，而且还可以做个见证。

我说你想得美！你当我整天没事，光厂里一摊子事情就够我头大的了。你要去你去我没时间陪你玩。

图兰说可今天不是周末嘛！我们去去就回，也不耽误你星期一上班。

我说你一边玩去，我没那个闲工夫。而且我告诉你，三姐的事情还没完，等你回来我再跟你算账。说完我转身就走。

图兰站在原地没动弹，我走了两步后他在后面朝我喊了一句，我不让你白去！

我没理他，心里觉得好笑，他那一点钱还是跟三姐拿的，就这样还想收买我。见我没反应他又追加了一句，有人要抢你们家的厂子你不想知道？

我全身一激灵，站住了，回头问，你说什么？

你跟我去我就告诉你。

你先告诉我。

你爱去不去！他掉头向候车室走去。我犹豫了一下，其实没有丝毫犹豫地抬脚跟了上去。

我们乘坐的是一趟普通快车，车厢里人很多，刚上车时我和图兰还站在一块儿的，随着人越来越多以及上下车、打水、上洗手间来回窜动的乘客的袭扰，不知不觉中被分开了，相距最近时我们之间也隔着至少三个以上的陌生乘客，即便如此也没能影响我们之间的交谈，我踮着脚尖扯着嗓子问图兰，你刚才说有人抢我们家厂子是怎么回事？

图兰：这会说话不方便，等会再说。

我又问你今天怎么没上班？

图兰叫喊一般地回答，我已经辞职了。

我问你干吗要辞职？待遇不好吗？

图兰：我不喜欢看着你在饭店里大吃大喝，我却要给你们斟茶倒水的。

他这一说我就不吭声了，两个人同时沉默下来。车厢里滚动着一股复杂的气味，那是混合了汗臭、烟草以及各种方言的奇怪的味道。

我们坐了十多个小时，第二天早晨在一个很小的车站下了车。下车之后我看了一下站牌地名：北方。

此前北方对于我而言只是一种宽泛的概念，大致处于离家五百里至世界的尽头之间或者更远的一段距离，其间充斥着皑皑白雪和高大的白桦树等可以被文字反复描写的意象。令我没想到的是世界上真会有一个地名就叫北方，或者一个名叫北方的地方就在北方。那天我站在"北方"的站牌下面，天空就在两条铁轨的对面，那湛蓝而深邃的北方的天空，以及缓缓移动着洁白且厚重的云。

"北方"是一个小镇，穿过小镇就是一片一片的田野，图兰领着我沿着一条土路一路西行，中午时分到了一个村庄。在村口见到了一个干瘦干瘦的小个子中年男人。图兰上前跟他握手并寒暄，那

吹口哨的发动机

个男人一边应付着图兰一边打量着我，眼里甚是警觉，我们视线甫一相遇他又扭头避开了。这位是——？他问图兰。

图兰：忘了介绍了。这是我一个朋友。又向我介绍瘦子，这位是老薛。我们是网友，是他给我提供的信息。

我上前跟他握手，谢谢啊！给你添麻烦了！

老薛潦草地跟我握了一下手，手刚贴上我的手便泥鳅一般迅速滑了过去，眼睛自始至终都没看我一下。时间不早了，我们赶紧去吧。他对图兰说。

一路上老薛喋喋不休地跟图兰介绍，那家老人1979年前后跟媳妇生过一个男孩，那时家里太穷养不活，就托一个中间人送走了。当时说好了孩子送出之后两边都不反悔也不打听，所以也不知道那孩子后来究竟去了哪里？是怎样的情况？我呢就是给你们搭个桥牵个线，究竟是不是你跟老人自己聊聊看。

图兰说太谢谢你了！

走了一会儿后图兰捂着肚子问老薛，附近有厕所吗？我肚子有点不舒服。

老薛：咱乡下哪有这个呀！每家一个茅坑，你坚持一会儿到了村上再说。

图兰捂着肚子痛苦地，不行，我现在就得解决。

老薛笑了，那你随便在地里找个地方吧，咱乡下人都这样。

图兰四下看看，面露难色。显然，让他蹲在开阔的田地里旁若无人地处理这一挡子事情的确勉为其难，但是忍又忍不住，万般无奈之下，他一猫腰钻到不远处的一棵大树后面去了……

现场只剩下我和老薛两个人了，气氛显得尴尬起来，我们俩都还没做好聊天的准备。说实在话，我对眼前这个干瘦干瘦的男人没什么好感，甚至打心眼里有点厌恶，为什么会这样也说不清楚，此前有图兰跟他聊天，我也乐得不吭声，现在只有我们两个面对面，不说点什么也不大合适了。我掏出一盒香烟，是一盒尚未拆封的"中华"。我本来是准备给他敬个烟套个近乎，缓和一下尴尬的气氛，掏出烟之后看见老薛眼睛一亮，我随即改变了主意，把香烟递给他道，这事让你费心了，也没给你带东西，这盒烟你拿着抽吧！

老薛连忙推辞，不用，不用，抽一根就行了。推了两下便接了过去，把烟装进口袋后又从另外一侧口袋里掏出一包香烟，掏出一根递给我，尝尝本地的烟吧！

我点上烟抽了一口问，你说的那个老人家现在多大年纪？

老薛：50多。

我说我这个朋友多年来一直在找自己的家人，真希望这次能找到！

老薛：我也是这么想，如果他们俩真是一家子也算自己做了一件好事，要不你说我图个啥？

我说对了，那位老人有没有说过他的孩子身上有什么特征？

老薛一愣，啥特征？

我小声对他说，我告诉你你别告诉别人，图兰左边屁股上有一道硬币大小的胎记，如果是那家人的孩子他们应该能记得。

老薛：这个我真不知道，要不等会问问吧。

我说你知道就行了，先给他们见面聊聊再说。

吹口哨的发动机

老薛连连称是，中。就听你的。

图兰那边迟迟没有动静，等了一会儿后我忍不住叫了他一声，你好了没？怎么这么半天？

图兰带着哭腔回道，你能给我送点纸过来吗？

我一怔哈哈大笑，老薛也笑。我当着老薛的面掏出一包餐巾纸，朝大树后面走去，一边走一边埋怨，妈的，拉个屎还要别人伺候！隔着老远将纸扔了过去。一只胳膊从树后伸出，一把抓过纸巾即缩了回去……不一会儿图兰从树后面踅了出来，一边系着裤子一边抱怨，妈的！以后再不吃火车上的东西了。

我说谁要你吃的？爱吃不吃！待他凑近我小声对他说了一句，等会见到那家人如果他们说你屁股有个胎记你就承认，然后就找个机会赶快溜……

图兰：什么意思啊？

你别管，按我说的做。

我们走出来时老薛还在微微笑着，图兰被他笑得不自在了，问他道，那家还有多远？

老薛这才反应过来，不远了，咱们快走吧！领头走了。

村庄就在近前，老薛却领着我们沿外围绕过半个村子，从村南一直绕到西北角，然后在村庄边上的一间小屋子前停下了。老薛对我们说，我先进去打个招呼，你们等一下！

老薛进去了，我和图兰站在门口。这户人家处于整个村庄的最边缘，再往外就是一片田野了；时值秋末，一茬庄稼刚收割完，地里还残存着小腿高的秸秆，从秸秆上看上一茬庄稼种的不是玉米就是高粱。三五个青壮年劳力蹲在地里聊着天，其中一两个人不停地朝我们张望。这几个人怎么看都不像干活的。

老薛出来了，招呼我们，进屋吧！

屋里很黑，陈设也很简单，一张旧桌子，一张长条凳，墙上挂着簸箕，箩筐等杂物。一个老人迎门而坐，听到我们进来急忙站起身，颤巍巍地说，你来了？你回来了？是你吗？双手向前伸出，摸索着迎上来。我立刻意识到他是一个盲人。这一点我还真没料到。图兰走在我前面的，见到老人的瞬间人都傻了，脸色苍白，嘴唇和双手都在可怜地哆嗦。整个人的情绪都不对了。我赶紧上前一步接住老人的双手，老人家你好！

老人的两眼空泛，微微侧着耳朵，像在搜寻着一种不存在的声源。你是——？

我说我们是从K城来的，来看看你！

老薛在一旁招呼，都坐下说吧。

老人顺势放下我的手退后两步重新坐下了，老薛把那张长凳子让给我和图兰，自己拽过一张小板凳坐下了。对我们说，宋大爷今年快60了，二十多年前有过一个孩子，那时候苦啊，大爷怕养不活就托外庄的一个人给送走了。

我问：送哪了知道不？

老薛：不知道。缓缓地补充了一句，农村里这种事很多，一般都不问去处，这是规矩。说说你们的情况吧！

我就看图兰，将说话的机会让给他。图兰还在发怔，并没接话，我就只好继续说，我这个朋友今年21岁，岁数上看倒是对得上，不知道那个孩子有什么特征不？如果能记住一两点大家可以对照验证一下。

老薛就问老人，大爷你知道那孩子身上有啥特征不？

老人说那时孩子太小，也没在意，歪过头想了想说，对了，我只记住一个事，那孩子腚上有一个胎记。

我一愣，腚是什么？

老薛说是我们这地儿的方言，就是屁股。

我的脑袋嗡的一声。此前亲手埋下的炸弹还是炸了。赶紧扭头看图兰想示意他一下，但是晚了。图兰起身说，那对不起了，看来我们不是。

老薛：咋了？

图兰：你们说的特征跟我对不上。

老薛：你是说你屁股上没有胎记？

图兰：没有。

老薛的脸一下阴沉了下来，扭头朝我哼了一声。

我不敢说话，起身对图兰说，天不早了，我们先告辞吧！

老人似乎还不知道发生了什么，客气地说，别走啊！天不早了，在这儿吃点吧！

我说不了，我们还要赶回去。就不打扰了！

老薛阴森森地说了一句，你就这么走了？

我说谢谢你！给你添麻烦了！

老薛起身走出门去，我和图兰刚走到门口，门口呼地涌出了四五个人，正是在田里的那几个家伙。老薛对他们说，一个也别放过。那几个人迅速地将我和图兰围住了。

图兰说老薛你什么意思？

老薛：我花费了这么多力气帮你找家里人，你就这么拍拍屁股走了？

图兰：可你们说的跟我对不上呀！

老薛：对得上还是对不上我们要验证一下。对那几个人一歪头，扒了他的裤子。

几个人一拥而上，一手一脚将图兰掀翻在地。图兰杀猪般地哀号起来，无奈身体被几个如狼似虎的家伙死死地摁住无法动弹，只好朝我呼救，我刚一动弹，另外两个人一边一个将我摁住了。老薛看着我，你先歇一会儿，等会我再跟你算账！

……地上的图兰还在拼命地挣扎，毕竟一人难敌四手，最终他的裤子还是被那帮家伙一点一点扒了下来。当最后一件内裤被扒下并露出白色的屁股的一刹那，我哇哇大哭起来，感觉自己裤子被扒掉一般气愤和羞辱，而那几个家伙则哈哈大笑，还相互说笑着，瞧这家伙挺黑的，腚还挺白……

图兰此时已经累了，停下了挣扎趴在地上呼呼喘气，见我突然哭起来，恼火地朝我喝了一声，哭什么哭？转向老薛，死死盯着他。

老薛没理会他，放开我凑到图兰身前盯着他的屁股看了好一会儿，白嫩的屁股上光滑一片，别说胎记，连颗黑痣都没有，只在接近腰部附近的部位有一道被内裤勒出的浅显并暗红色的印痕。老薛看了半晌最终认可了这一事实，吩咐了众人一声，给他穿上吧！转过来对我道，你人小鬼大，我小看你了！

我哭着说我错了，请你放过我们吧！

老薛喷了一下嘴，夸张地，哟哟哟！瞧这话说的，好像我们多坏似的！我这次是好心帮忙，就是帮他俩牵个线搭个桥，结果如何本来呢也不重要，是和不是都没啥，可你不能跟我们耍心眼儿。我们农村人实在，没见过世面，玩不来你们那一套……

我说下次不敢了！

老薛笑了，嘲弄地，你还指望有下次？

老薛说话时脸色阴沉，我想他可能想对我们下毒手了，一想到可能要命丧于此我又哭了起来，我说我家里还有一个80岁的姥姥……

老薛乐了，你这是干吗？我没打算要你们的命，放心！

我说你会放我们走？

老薛：走也行，不过嘛，看看那个瞎眼的老人，你看老人家丢了孩子这么多年，因为想孩子连眼睛都哭瞎了，现在生活困难孤苦无依，你们是不是也该帮衬点？

我明白过来，老薛绕了这么一大圈是想要钱。我说我有两百块钱，全给你们。

老薛呸了一声，你当我们是要饭的？

我咬咬牙，指着图兰说，他身上还有两千多块钱，是我姐给他的，全给你们行了吧！

我的话音刚落，图兰扭头就往外蹿，身子刚一动立刻被那伙人七手八脚地给摁实了，接着又是一阵杀猪般地嚎叫……

等我们被放出来天都快黑了。一路上图兰都在骂骂咧咧地，骂我孬种、胆小鬼、软蛋等等，说如果在抗日那会儿我一准是个汉奸云云。

这次我们的损失惨重，两个人身上近三千块钱被悉数搜刮而去，其中有图兰的两千七百多元钱，相信无论谁平白无故损失这么多钱心里肯定不好过。可是这一切并不是我造成的，首先是老薛先设下了这个局，图兰自己轻信而擅入局中，这跟我有什么关系？事情发展到现在脉络已经十分清楚了，老薛为设这个局起码准备了三套方案，首先尽量使图兰相信他与那个瞎子是失散多年的父子，然后以此跟图兰要钱。如果因为种种原因两人最终未能相认，老薛依然会以瞎子可怜或者自己为他们牵线搭桥吃得辛苦为由继续求得图兰的帮助。倘若这两种方案都失败了，便会直接动手强抢——那些在附近转悠的几个人就是老薛为此准备的后手。总而言之一句话，只要图兰进了这个村子，他身上的钱就已经属于老薛的了。这一点毫无疑问，只是图兰自己不知道罢了。此外还有一点需要说明，我之所以主动供出图兰另有一个原因，我身上带着一张银行卡，卡里有三万块钱，这笔钱是准备下周为厂里进一些汽配零件用的。当时的情况下如果不抛出一点甜头吸引住他们，最终完全有可能被那些家伙从我身上搜出来，那时损失的可能就不是三千块钱了……

图兰还在起劲地骂着，我也不吭声。反正被骂两句也不会少块肉。可能是因为骂得太久得不到回音，或者单纯出于心疼那笔钱的原因，图兰骂着骂着忽然一屁股坐在地上号啕大哭起来。这一下把我哭傻了，我说你干吗呀？哭个什么劲？图兰还是哭不说话。我上前拽他，好了起来走吧，天不早了我们还要赶路呢！图兰还是哭，我说不就那么一点钱嘛！至于吗？

图兰：你说得轻巧！那是一点钱呀？

他还是心疼钱。一个大男人为了几个钱跟个娘儿们似的一把鼻涕一把眼泪哭天抢地寻死觅活的，由不得人心生厌恶，而且我们刚刚脱离险境，他这一哭再将那些坏人招来我此前的所有努力和牺牲都将前功尽弃。我咬咬牙对他说，你起来，你的钱我还给你。

图兰睁着眼睛怔怔地看了我一会儿又哭，你现在根本就没钱。

我掏出银行卡朝他晃了一下，我身上没钱可卡里有。

他一骨碌从地上爬起来，满脸的泪水都顾不上擦，卡里能有两千？

我说三万多。

他哇的一声大叫，扑上来一把抱住我，一张臭嘴在我的脸上鸡啄米一般又亲又吻，涕泪蹭了我一脸。

我们继续向前走起来，我忽然想起了一件事，问图兰，你说有人抢我们家厂子是怎么回事？

图兰就唧呱唧呱地跟我说了一下。我一听就傻眼了。一把抓住他问，真的假的？你是怎么知道的？

图兰说，我是前几天在酒店上班，他和刘会计陪那个广东人吃饭，我进去给他们斟茶时偷听到的，是真是假你自己查去。

我们是在回到火车站附近后才找到了一家ATM机，我迅速取了一点钱给了图兰。直到拿到了钱图兰才如释重负地长舒了一口气。我看了一下手表对图兰说，半个小时后有一趟路过K城的车，我们就乘这趟车回去。

图兰摇头，你自个走吧，我还要去另外一个地方再找找。

这下轮到我傻眼了，我第一反应就是后悔不该这时给他钱，如果没有钱他哪都去不了，由此可以推断出他刚才坐在地上痛不欲生的原因其实不是因为钱被抢走，而是痛苦于没钱了就无法继续他的寻亲之旅。我说这次的教训还不够？你还找什么找？

图兰一脸坚毅地，不找一下我心里过不去。

我说你人生地不熟又是一个人太危险了，要不我再陪你走一趟吧！

他摇头，不用了。厂里还有一摊子事等着你呢！你不用担心我，这么多年我都是这么过来的，像老薛那样的人不多。

我说那我就回去了，你自己小心点！

他笑了，你还挺关心我的！

我说得了吧！我是为我姐着想。

我是第二天早晨七点多回到 K 城的，一下车立刻给明月江鲜大酒楼的老板娘打了一个电话。电话响了很久才接通，话筒里的声音慵懒，刚刚睡醒似的。谁啊？

我说陈老板你好！我是赵记修理厂的赵小东。

电话里啊了一声，热情地，是小赵厂长呀！怎么这么早打电话？

我说陈老板我有急事要找你！

陈老板：很急吗？

吹口哨的发动机

我说是的。

电话里的声音迟疑了一下,现在离上班时间还早,要不你来我住的地方吧!

我按照她告诉的地址十多分钟后来到了她的住处。这是一套普通住宅,我敲了敲门,房间里传出一个声音,门给你开着了,进来吧!

手上一使劲门开了。进门即是客厅,陈老板在卧室里说,你来得真快,先在客厅里坐一会儿,我马上起来!

我客厅里一张沙发上坐下来,卧室里扑簌簌一阵响动,中途突然停顿了,一两秒钟之后卧室里传出一声短促的惊呼,哎哟!疼死我了!

我吓了一跳,怎么了?

卧室里的声音,快来帮个忙!

我不知发生了什么危险,不及多想一头闯进了卧室,看见陈老板穿着一件黑色的裙子,头别扭地歪向一侧。我问怎么了?

拉链……她疼得龇牙咧嘴的。老半天我才弄明白原来是裙领后面的拉链缠进了一根头发,扯疼了她。我愣在当场不知该怎么办。她急了,说你傻站着干吗?快帮我把拉链拉开。

我转到她身后,试图帮她拉开拉链。拉链被那根头发塞住了,上下不得,稍一使劲便会扯动头发牵动疼痛并激起她吃痛的呻吟,哎哟!哎哟!你怎么那么笨手笨脚的?哎哟!哎哟哟!我又试了试还是不行,汗都下来了。最后实在撑不住了,停下手对她说,要不我送你去医院吧!

她扑哧笑了,接着又吃痛起来。你真是猪脑子,你把那根头发扯断不就行了!

我一想对啊!我怎么就没想到呢?找到那根头发,双手扯住一使劲便扯断了,她被禁锢良久的脑袋终于获得了自由,伸手摸了摸脖子,微微晃动了一下脑袋,长出一口气,转过脸道,你可真是笨死了!

她的头发蓬松,神情中残留着一丝浅显的睡意,身上散发着一种沁人心扉的甜蜜味道———一个女性的清晨味道……我整个人被一种奇怪的力量控制,浑身酥软腿脚乏力,身体内部却火一般热烈……她发现我有点不对,关心地,你怎么?伸出手要探我的额头,被我一把抓住了,顺势将自己的身体贴了上去。她一惊,低呼了一句,你要死了!快放开!我此时根本没有力量放开她,将她更紧地一抱,她身体绷了一下,接着便柔软了下来,响应地贴在了我身上,两具身体轰隆一声整齐地倒在了床上,天塌地陷一般……

接下去的事于我而言并不是一次愉快的体验,我笨手笨脚地忙碌着自己和对方的身体,慌乱且无措,最后还是在她的指引下才勉强得逞,然后尚未完全展开便结束了,自己还累得不行,如一条半死的鱼滚下来,躺在她身体的一侧呼呼喘气。她好奇地看着我,是第一次?

我的脸刹那间滚烫起来,内心惶恐不安地就要哭将起来。她看出了我窘态,微微一笑,你找我就这事?

我惊醒过来,腾地坐起来,我要跟你打听一件事情。

我的模样让她很意外,这么严肃!什么事?

吹口哨的发动机

我说最近是不是有人在你的饭店里请我们厂里的人吃过饭？

她轻描淡写地，饭店不就是让人来吃饭的吗？什么人来吃都正常呀！

我说可是他们不仅仅吃饭对不对？

她面无表情地，你听说什么了？

我说有个广东人这一阵经常在你们酒店请我们厂的马叔……

陈姐：谁来吃不都一样吗？

我说可他们不是吃一两顿饭那么简单，他们是在合谋抢我们家的厂子。

你都听谁说的？她问。

我都已经把话说白了，你老问是谁说的有意义吗？你要是不愿告诉我就直说。

她看了我一眼，人不大脾气还不小！我知道的不多，只是他们吃饭时进去陪酒时听到一两句。他们是在准备开一家汽车修理厂，是那个广州人投资的，那个厂建起来后由你马叔和那个刘会计负责……

我啊的一声，刘会计也在里面？

她一笑，这有什么奇怪的。刘会计可不是个一般人物，在K城这块地上所有的部门和机构她都能够得上关系，没有她，光靠你马叔那个厂根本办不起来……

我愤愤地骂了一句这两个狗东西居然合起伙儿来抢我们家的厂子！

她说人家没抢你们家的厂，是另开一家，只是可能会带走几个工人和一些客户。

我说那不就是抢了我们家的厂了！全厂技术好的工人就那么几个人，都跟他们走了，再带走一些客户，我们还有什么？

她问那你准备怎么办？

我说我不知道。

我一直待到上午十点钟才离开，陈姐的饭店十一点就要开门营业，她十点半要赶到饭店。分手前我跟她提了一个要求，以后如果那个广东人再和马叔去她的饭店吃饭，请她第一时间通知我。

她警惕地，你想干什么？

我说我不知道。

她犹豫了一下，好吧！

按她的要求我先离开的。

今天并不是个纯粹意义上的晴天，天空上的太阳冷冷地发白，照得人有一种濒临死亡的恍惚。走在路上我始终拿不定主意该去哪里。我有点累了，想回家睡一觉，但是此刻并不是睡觉的时间，即便我回到家爸爸和妈妈也不会允许我睡觉的。如此剩下的去处就只能是厂里了，我得去那里履行我作为一个厂长的责任和义务，可是一想到又要见到马叔我便心生厌恶。他就是一个小偷，正在一步一步地把我们家的厂子偷走，关键的一点在于我明知如此却无力应对……我或许就不该是个厂长，我就应该一步不挪地待在学校里，只待在学校里，哪怕做一个差生、留级生、早恋生……可是我还是被命运抛出来了，应该保护我的父母这一次却与生活站在了一边并成为其帮凶。

吹口哨的发动机

在大街上走了一圈之后我最终还是去了厂里，除此我还能去哪呢？我在这个世界上还有别的去处吗？

我到厂里时已经快9点了。今天厂里的情景有点异样，所有的工人都停下了工作，围着一个长发男人叽叽喳喳说着什么。男人50岁左右，头戴一顶棒球帽，帽子后面扎了一根马尾辫，肩上背着一个硕大的旅行包，一件质地、做工都很讲究的牛仔上衣。看见我几个工人一起喊，厂长来了！厂长来了！

我走过去问，你们在干什么？

留辫子老人迎上前，你好！是小赵厂长吧？

我说是的。你是……

老人：我是上海来的。我姓胡。一边说一边朝我伸出手。

我握着他的手连声说，不好意思我来晚了，你要修车？

老人：你误会了。我来找一个人。我不知道他的住址，听说你和他是朋友也是亲戚，就先找到你这里来了。

一听不是来修车的我顿时没了兴趣，敷衍地问，你找谁？

图兰。

人群中响起一阵嘀咕声，叽叽喳喳的。我朝他们喊道，看什么？都干活去！

人群散去了。我无意中看到不远处马叔和刘会计在一辆汽车旁聊着什么，我的声音惊动了他们俩，刘会计一抬眼正好撞上我的视线，她一低头离开了。马叔都没朝我这边看一眼，装着什么事都没发生，拎着一只扳手转到车后面去了……

我转过脸问老人，找他干吗？

老人：是这样的，我听说了图兰的身世，觉得他可能是我早年丢失的孩子，来核实一下。

我再次打量了他一眼，你丢过孩子？

老人：是的。21年前。

怎么丢的？我问。

老人犹豫了一下，没有直接回答，问我能见见他本人吗？

我说他前两天有事出门去了，不在家。

那他什么时候回来？

我说这我就不知道了。

老人露出一丝失望神色。我对他说要不你留个电话给我，你先回去，等图兰回来我让他跟你联系……

老人摇头。我挺忙的，不容易抽了一点时间。下周就要出国了，要去一年，没多少时间了。

可他人不在呀！

老人：没事。反正来也来了，我就在这儿等他几天吧！

怪人就此在K城滞留下来。他在一个中档酒店包了一间客房。每天中午前后会走出酒店，拎着相机在城里走街串巷地瞎逛，不时举起相机拍上一通。他尤其喜欢拍老式院落、狭长的小巷里以及井栏边淘米洗衣喋喋不休的妇女……K城是个闭塞的小城镇，当地居民都属于朴实且没见过世面的一类人，对怪男人的扮相、行为很好奇，每当怪男人走过都会盯着他看上半天，一些孩子像看西洋景似的跟在怪人的身后一路尾随……小城因为他无所事事的闲逛而显

吹口哨的发动机

得空旷和寂寞……下午四点前后他又会出现在一所中学的篮球场上——天知道他是怎么找到的——夹在一群学生中玩一会儿篮球，一个扎着小辫的老男人在球场上来回奔跑大呼小叫，身上大汗淋漓……

最初一两天怪人会上午下午各打一个电话给我，询问图兰回来了没有，后来他的电话少了，每天最多打一个电话，也不问图兰是否回来了，只邀我一起喝个茶吃个饭什么的。我知道他还是来探听图兰的消息，也不当真，随便找个借口推辞掉。随着时间一天天过去，图兰始终没有回来，怪人给我打电话时的情绪变得越来越焦躁，尽管他极力掩饰但是仍然能从他的语气中解读出来。我能感受到他的焦躁的情绪，却什么也做不了。图兰一去杳无音讯，我能怎么办？万般无奈之下有一天我去找三姐，问她是否愿意出面见一下怪人，三姐自然不愿意。前一阵各种各样的人来来去去已经让她彻底厌烦了，一口拒绝了。

怪人足足等了一个星期，第七天怪人一早给我打了一个电话告诉我他明天要走了，想晚上一起吃个饭告个别。我内心歉疚就答应了。巧的是当天下午图兰回来了。他一到家就听说了怪人的事，当即一个电话打过来问我是怎么回事。我大致讲了一下情况，让他赶紧过来。三五分钟后我们碰了面。然后我给怪人打电话却怎么也没人接。我随手拦下一个孩子问今天见没见到怪人。孩子说他去篮球场了。我一想对啊，这个时间是他每天玩球的时间，拽着图兰就去了球场。路上图兰还问我，你说那个人会不会也是来骗钱的？

怪人果然在篮球场，正和一群中学生打三对三半场对抗……他带球向篮下切入，对方的三名队员随着他的移动一起向篮下快速收缩，中途他突然一个回扯便拉开了与对方的距离，为自己争得了一个舒服的空间，接着原地起跳手腕一抖，篮球在半空中划过一道优美的弧线稳稳落入篮筐……

有一种人无论他陷入人群多深，当你视线扫过时，他都是那群人中最为耀眼的一个。

怪人又一次抢到了球，正要运球突破一抬眼看见了我们，眼睛一亮，将手中篮球扔给了邻近的一个队友，快步下场走到我们面前。他穿着一件短袖秋衣，全身大汗淋漓，皮肤上吸满了密密麻麻的一层汗珠，一头长发也被汗水浸湿，豆大的汗珠顺着鬓发不住滚落，他用一只手抹着脸上的汗水，刚抹完又流下一串……

你们怎么找到这儿来了？转向图兰伸出手，你就是图兰先生吧！图兰仓促地和他握了一下手。

我说我打你手机没人接，跟路上一个孩子打听才知道你来这儿了。图兰刚回来，你们聊吧，我去一边抽根烟。

我的本意是想为他们腾出一个聊天的空间，话一出口两个人异口同声地说了一句，你别走！

我只好站下了。

怪人朝我一笑：不好意思！转向图兰，是这样的。我在一家寻亲网站上看到你的资料，知道你一直寻找家人。我年轻时丢失过一个孩子，年龄与你比较相符，所以来这里想再详细了解一下。

图兰：你是哪里人？孩子是怎么丢失的？

怪人：我的老家是在河北张家口附近一个小村子，当时家里很穷，孩子实在养不活，有一天夜里在公路边上找了一个路过的卡车司机，给了三百块钱，让他沿途给孩子找一个好人家，具体后来被送到哪了我也不知道……

怪人说的情况与图兰的经历榫卯一般契合，我抬眼看图兰，图兰却垂着眼睛一声不吭。我张嘴对怪人说，图兰的这一段经历所有人都知道，你还有别的什么可以印证的吗？譬如那辆汽车的牌照是多少？那个司机有什么特征……

老人摇头：那天晚上光线暗淡，我印象中那个司机是个30来岁的年轻人，汽车的牌照我根本就没看，我不想记住车牌号，我怕以后自己后悔……不过有一个东西或许可以作为证据的。

我和图兰同时问，什么？

怪人说那个孩子左胳膊上有一颗黑痣……

怪人话音未落我便哈哈大笑起来，边笑边看图兰，图兰没笑，又垂下了眼呈沉思状。老人不解，问怎么了？

我说你这招是我们玩剩下的。

怪人：怎么说？

我一指图兰，他寻亲心切，人也傻，以前每到一处不管遇到什么人都跟人家掏心掏肝的，没少被人骗。前几天我陪他去了一个地方，我一看来接的人就不像个好人，就故意对那人说他屁股上有一个胎记，那伙人果然上当了，把这个当证据说出来却完全对不上，最后还扒了他的裤子……哈哈哈——

图兰有点恼了，你还有脸笑，当时你都吓哭了忘了？

我说那是我使的计策，我是故意麻痹他们的！

图兰：切！那会儿眼泪一把鼻涕一把的，这会儿倒充起英雄来了，真他妈不要脸！

我说你他妈嘴里放干净点！

图兰：你想干吗？说着话就往前凑过来。

怪人急忙伸手推开我们俩，我说得是真的，我的孩子胳膊上的确有一颗黑痣。

我气鼓鼓地对图兰说，行，今天有客人我不为难你！转向怪人，那好办，让他把衣服脱了给你看看胳膊好了。

图兰：不用看了，我没有。

老人盯着图兰，不知道为什么，我一见到你就觉得你是那个孩子。

图兰：你的心情我理解。我以前也和你一样，每到一个地方都觉得亲切，感觉就是我的家乡……

怪人下场后那群玩球的孩子便停下了，一边零散地闲聊一边不停地朝我们张望，另有一个孩子一直在练投篮，半天也没投进去一个球……孩子们等得不耐烦了，一个孩子朝怪人喊，老头你还玩不玩？

怪人扭头道，马上就来！

我说图兰人家大老远来一趟，要不你就脱了衣服给他看看吧。

图兰转过脸，不用了，有没有痣我自己难道不知道？朝怪人伸出手，希望你早点找到自己的孩子！我们不打扰了！

老人无奈之下伸出手，他紧紧攥住图兰的手，你平时有什么爱好？

吹口哨的发动机

图兰：好像没有。

我插话道，他篮球打得很好，在学校时还代表学校参加过地区比赛的。

怪人兴奋地，是吗？

图兰：都是小时候的事情了，离开学校就没摸过球了。

怪人看看天色，现在时间还早，我们一起玩一会儿吧！

图兰：我好久不打了！

怪人说你一个小伙子难道还怕我一老头？

图兰当真了，玩就玩！

脱下外套扔给我，随着怪人一起走进场地。老人对那帮玩着孩子说，你们先歇一会儿，我来教训教训这小子！

孩子们丢下球让出了场地。

怪人和图兰在篮下站定，怪人捡起篮球，一边随手拍着球一边问图兰，怎么比？

图兰说随便。

怪人：那就比立定投篮，十个一组。

图兰点头。

老人说你别光点头，我们来点刺激吧，谁输谁请吃饭。

图兰来劲了，你就那么想请我吃饭？

老人笑着说，别想得太美！

两个人活动了一下身体，相互传了两个球，然后比赛开始。图兰先投，一气投了十个，中了六个。成绩不错。轮到老人了，他站在罚球区，欠下身轻拍了两下皮球，微微腾起手臂轻舒投出一球，球在半空中划出一道弧线，准确落入篮筐，接下去连续出手，球像长了眼睛一个一个，一个接一个尽数落入篮筐，十个球弹无虚发……

图兰不干了，说光比投篮不能显示水平，提议加赛一个项目，一对一攻防。怪人丝毫没犹豫就答应了。怪人先开球，图兰防守。怪人慢吞吞地拍球，一点点向图兰逼近，突然加快拍球的节奏，球砸着水泥地面当当当当当地一串响声，身体配合着向前一欠，图兰被牵动，身体刚一动，怪人又缓了下来，怪人趁势启动，拍着球连续左右前后一阵晃动，图兰身形随着他晃动而急促晃动起来，怪人瞅准一个空档硬生生从另外一侧突了过去……图兰脚下错踏，一个不小心绊了一跤……上篮成功的怪人不无嘲弄地对图兰道，服不服？

图兰从地上爬起来，低头看了看脚下鞋子。他穿的是一双旅游鞋。他对怪人说，我鞋子不跟脚，你等一下！下场走到我身边，跟你换个鞋试试。

我穿的也是旅游鞋。说你毛病啊！不都是旅游鞋吗？

图兰：别废话，快点！我就不信了！

我只好脱下鞋子跟他换了。他的鞋子有一股臭味，熏得我鼻子一酸，眼泪差点流下来。

两人的比赛重新开始。怪人或许上了年龄的缘故，接下去的比拼中显得有点体力不支，身体灵活性不够，速度也不行了，几次想带球突破均未成功，最后一次运球强突时被图兰一伸胳膊断球成功，随即一个箭步上篮贯臂将球砸入篮筐中。怪人眼睁睁地输了一

吹口哨的发动机

球。面对图兰得意扬扬浅薄模样，老人懊恼地吐了一口唾沫，还勾着脑袋看了看自己的脚上的球鞋。轮到图兰开球了，老人双手打出一个暂停手势，走到场边蹬掉了脚上的鞋子，光着脚重新入场。图兰诧异地，你这是干什么？

老人说这鞋刚买的，有点不跟脚。

怪人的举动让我差点没笑起来。这两个人太有意思了，一落后就拿鞋子说事……

图兰对怪人：你穿鞋都不是我对手，光脚就更没戏了。你还是穿上吧！

老人倔强地，不用。以前在村里我都是赤脚干活的，我赤脚比穿鞋跑得快。

图兰歪着脑袋想了想，两脚交错把自己的鞋子也蹬落了，再一脚将两只鞋子踢出场外。这样行了吧？不然别人会说我欺负老年人。

老人笑了，你对我脾气。一猫腰，急促地拍手，来吧！几乎在他说话的同时，图兰向左一个虚晃，快速运球从右边突了过去，老人吃晃之下失去了身位，被图兰轻松地突了过去。眼看着图兰就要加速直奔篮下，怪人情急之下从身后把图兰连球带人一把抱了起来。图兰整个被抱离了地面，两条腿像两根工作中的机械爪，一上一下空洞地蹬着空气，双手还紧紧抱着篮球，嘴里大叫，你干什么？放我下来！快放我下来！双脚青蛙似的又是一阵乱踢，怪异的样子看得我和场边的几个中学生哈哈大笑……

一老一少两个人在球场上肆意地挥洒着快乐，篮球砰砰砰地撞击着地面时也撞出两个人的笑声,爽朗且通透,笑声像两根绳子在黄昏的光线下相互交错并被一股隐秘的力道慢慢搓紧,形成更粗的一根……

晚上我们三个人在一家小饭店里吃了一顿饭。怪人很健谈,一晚上都他一个在说。先说自己小时候很苦,家里穷,一天只能吃一顿饭,四岁第一次放牛就被牛顶到了水塘里差点淹死。25岁之前没出过村子,后来不经意间流落到上海,先给别人打工,做过泥瓦匠、搬运工还卖过保险等等。30岁开始经商,从路边的一个小烟酒摊点起步,一步一步做到连锁超市。38岁那一年突然想起年轻时被送出去的那个孩子,心里不安起来——这么些年他可从没想到过。挣扎了两个月毅然决然关掉所有的店,专心地寻找起孩子来。这么多年他四处游荡随遇而安走哪算哪,经常一早从某家酒店的床上醒来却不知道下面该去哪找?为了找孩子他吃尽辛苦,曾经被困在大沙漠里整整五天,也有在海面上随波浪漂泊的经历。夕阳将海面揉成碎裂的镜面,盘旋在头顶上的海鸥咕咕叫唤着……

怪人的经历在我和图兰听来就像传奇,图兰更是听得嘴巴大张双拳紧握,不时地咕嘟咽一口口水。瞅准一个机会他问怪人,孩子后来找到了吗?

怪人笑了,你傻呀!找到了我还跑你们这儿来干吗?

图兰也笑了,说下次我们俩结个伴吧!

怪人:好啊!没事你明天跟我回上海玩几天吧!

图兰顿时来了精神,好啊!我还没去过上海呢!

我说图兰你不能去!

吹口哨的发动机

　　怪人和图兰同时问,为什么?图兰会错了意,补充道,你可以跟我一块儿去!问怪人,没问题吧?

　　那有什么问题,你们吃住我全包。怪人很爽快。

　　我对怪人说了一声谢谢!转向图兰,最近可能有麻烦事,我一个人对付不了,你得留下来帮我。

　　图兰:什么麻烦?

　　我说马叔……

　　图兰就不问了,沉吟了片刻,对怪人说那这次就算了,过一阵有时间我再去找你玩。

　　怪人不死心,说我下个月就要出国了,说不准什么时候回来,这一阵正好有点空闲,你还是跟我去玩几天吧!

　　图兰:……

　　第二天怪人离开了K城,图兰留了下来。

　　后来我常想,如果那天不是因为我的劝阻图兰不会留下来,那么他就不会遭遇到那场劫难。可是他最终还是留下来了,等待他的是整整12年的牢狱之灾。而这一切都发生在短短一个星期之内的时间里。

　　这一阵有关马叔的消息源源不断,一会儿说马叔那个厂已经开始申请营业执照了,甚至厂址也已经确定,一会儿又说有国外一家著名汽车公司也看中了马叔筹备的修理厂,准备斥巨资加入其中……消息纷纷扬扬不一而足。有一点可以肯定,这一阵马叔没少和那个广东人见面,十多天的时间,那个广东人来K城三四趟。这是陈姐告诉我的。广东人每次来都会在她酒店里和马叔和刘会计等人一起吃个饭什么的，十多天的时间连续来了三四趟，可见事情发展已经到了节骨眼上。我明知如此却什么都做不了，只能时不时找图兰倾诉一番。图兰了解情况后跟我说，这事闹大了，你已经处理不了啦！

我问那怎么办？难道就由着他们一点一点地把我们挤死？

图兰说你得赶紧把情况告诉老爷子，让他给拿个主意。

爸爸最近的身体状况稳定了一些，经一个亲戚介绍，开始尝试中医的针灸治疗方法。据说针灸对于中风的病人的恢复极其有效，幸运的话可以恢复到正常时的五六成功能。可无论如何这会儿爸爸依然是一个病人，我不想在这时用这事去刺激他……一方面是马叔的步步紧逼，一方面是爸爸的病情依旧，那些天我像一个六神无主的蚂蚁急得不行。

一天早晨突然降温，我穿了薄薄的一件单衣就要出门上班。妈妈抱着一件厚夹克追了出来，今天天冷，多穿一点吧。

我说不用，我不冷。

妈妈说还是换上吧。

我只好脱下单衣换上了夹克。

妈妈替我整了整衣领，不早了，快走吧！抱着我脱下的衣服往回走。我突然想到马叔的事，忍不住叫了一声，妈！我有事跟你说。

母亲停下了，什么事儿？

我就把马叔的事大致跟她说了一下。

吹口哨的发动机

妈妈一听人就傻了,抱在手上的衣服缓缓落到地上。我叫了两声她才反应过来,弯腰拾起衣服,然后一把抓住我的手,这事千万别跟你爸说!

那怎么办?

母亲:我来想办法。你先去厂里吧。

母亲慢慢地往回走,两条腿灌了铅似的沉重,走得既慌乱又辛苦,中途不知什么原因趔趄了一下,又迅速稳住了……

我刚到厂里没一会儿妈妈也来了。那件常年扎在腰间的围裙摘下了,换上了一件不常穿的浅色方格字的呢外套。这件外套是爸爸有一年去上海时买的,妈妈平时不穿,总是遇到过年过节等盛大节日或者重要场合才偶尔穿一下。头发也梳得整整齐齐的,整个人拾掇得清清爽爽干净利落。我当时正拿起电话想找图兰,妈妈一头闯进了办公室。我赶紧放下电话问,你怎么来了?

妈妈的神情严肃,你去把马叔叫来。

我说这会儿?

母亲:对。快去!

我不敢多话跑出去。马叔正骑在一辆卡车的车头上修着一台发动机。我走过去对他说,马叔你到办公室来一趟!

马叔停下手也没多问,拽了一团棉纱一边擦着手一边跟着我进了办公室,一眼看到我妈赫然在座大吃一惊,师娘!你怎么在这儿?

我妈坐在办公桌后面冷冷地看着他没搭腔。我太不习惯这种人为的冷场了,张嘴说我去外面待一会儿。说完就要离开。

母亲厉声地，你站住！我还没说话，接着劈头盖脸又是一通，你这么大的人了，遇到事情就躲，你能躲得过去吗？

我不知该说什么了。母亲是个温和的人，平时说话都是细声细语的，与人无争与世无争，习惯藏在父亲的身后做一片安静的影子，今天却一反常态地气势蛮横言辞激烈……

母亲没有在我身上逗留，话锋一转对马叔道，他马叔！孩子他爹病了这一阵，厂里全靠着你撑着，我代我们全家给你道个谢！说着起身隔着桌子给马叔鞠了一躬。

马叔不自在起来，表情纠结并僵硬，声音颤抖着，师娘……

母亲收起身体缓缓坐下，该谢的我谢了。下面该你跟我说点什么了吧？

马叔的表情难过地纠结起来，师娘我不知你的意思……

母亲爽快地，那我就直说。你自己要开修理厂是吗？

马叔：……

母亲和蔼地，有什么不方便说的吗？

马叔摇摇头，艰难地，是一个朋友主动找的我，我抹不开面子……

母亲说既然这样师娘求你一下，能不能先别开，再帮你师傅照看一下厂子，等你师傅病好一点再说……你师傅现在病成这样，孩子又小，你如果这时候离开我们都不知怎么活了……母亲边说边掏出手绢擦拭眼睛。接着又道，如果你能听师娘的，经济上我保证不亏待你。除了每个月的工资保持不变之外，年底再给你百分之十的利润分成。你看这样行不行？

吹口哨的发动机

马叔艰难地舔了舔舌头，师娘你误会我了。我不是为了钱……

那为什么？

马叔咽了一口口水，我打小就跟着师傅学技术，那时想着学好技术能吃一口饱饭就行了。我能吃苦，师傅也肯教，再复杂的技术我一学就会，还没出师就已经能独当一面了。那时领导看重我，同行尊敬我，走哪都有人给我递烟倒水的，从那会儿开始吃饭已经不成问题了。后来师傅要开厂，其他徒弟他一个不要只带上了我，我觉得这是师傅看重自己，虽然心里没底还是跟着过来了。师傅看得远，能看到别人看不到地方，他一直说等哪天有条件了也会出钱让我自个儿开个厂，我也挺想有一个自己的厂子。这两年厂里的效益不错也很稳定，我就想跟师傅说这事，可好多次话到嘴边就是开不了口……后来师傅病了，我想这事就没指望了。可有一天一个广东人找到了我，说他愿意出钱跟我合伙开个修理厂……我知道这么个时候我不该这么做，可实在机会难得，错过了这次我这辈子可能都不会再有属于自己的厂了……

母亲很惊讶地打断，你师傅说过要支持你另外开个厂？

马叔：是的。

母亲：但是你师傅从没跟我说过。

这下轮到马叔惊讶了，结结巴巴地，可师傅跟我说过他跟师娘你商量过这事的，还说你也同意以后出钱给我开厂的！

母亲立即意识自己说漏嘴了，摆摆手，其他的咱们先不说了，你看现在厂里真的少不了你，你能不能再留一阵？

马叔摇头，现在投资人那边已经把一些工作准备得差不多了，我这时撂挑子也对不住人家。

母亲：你的意思是不可能再留下来了是吗？

马叔小声而坚决地，是。

母亲：既然这样那还有什么好说的。是啊！你技术好，待在这样一个小厂里的确是委屈你了。可你也应该想想，你的技术是哪来的？还不是你师傅手把手把你带出来的……他现在病了，起不来了，你却在这时候要抛下他，这个厂不仅是你师傅一辈子的心血，也是我们全家生活的依靠，你这么一走就是要了你师傅的老命啊！

马叔：对不住了师娘！

母亲哈哈一笑，抓起桌上一只茶杯狠狠摔在地上，转脸对我说，马上把工资结了，让他现在就走！

马叔：师娘！

母亲：以后别再叫我师娘。滚！给我滚！

马叔从没见过母亲这样，站在原地半晌才有了反应，他扑通一声跪了下来，朝母亲重重磕了一个头，再起身时已经泪流满面……

马叔就这样离开了。

比马叔离开更让我震撼的他们对话中透露出的一些信息。按照马叔的说法，父亲有过支持马叔办厂的承诺，但是按照母亲透露的信息分析，父亲从未向她透露过他有此类打算。如果马叔和母亲说得都真的，那么父亲的品性就可疑了。他多年来一刻不停地允诺马叔一份如锦似缎的彩色希望，以此诱惑马叔为这个厂当牛做马的卖命，内心中却从未想过有一天要兑现这一承诺。一想到马叔可能是被父亲骗了这么多年我的心像针扎一般愧疚和不安。父亲真的会是

吹口哨的发动机

这样的人吗？除了父亲的问题，母亲今天也让我吃惊不小。此前我交代过母亲是一个含蓄内敛的人，平时像一道安静的影子存在于父亲的身侧，或者安静地活在父亲宽大的影子中，离父亲身侧稍远一点都会六神无主（影子）。今天却一反常态挺身而出，整个过程中就像是一个技艺精湛的演员，嬉笑怒骂唱念做打各种手段用尽，把马叔整得七荤八素几乎崩溃……尽管结果差强人意——这个结果在她出场之前便已经呈现，与她个人努力和能力并无关联——却让我眼界大开，并更新了我对母亲的认识。

一个母亲为了家庭和家人可以牺牲掉她所有的一切，包括她的影子。

马叔的离去提前揭开了覆盖在我们双方伤疤上的最后一层遮掩物，双方的伤口就此暴露于众目睽睽之下，伤口上血肉翻滚鲜血淋漓，那么疼痛也应该是相互的吧？我不知道此时的马叔是怎样的心境，但是我知道属于我的那一份疼痛有多钻心，那犹如一把电钻打进骨头里的一种疼痛，连头发都根根直竖的疼痛。

马叔走后母亲第一时间对我布置了三点指示：1. 尽可能稳定住包括刘会计在内的其他工人，防止人员再度流失。2. 立即重金招聘一名技术不低于马叔的工人，不惜代价。3. 厂里发生的一切向父亲封锁，马叔离开的事尤其不能透露。

后来的事实证明母亲的确是高瞻远瞩，三点措施也切中各种利害的关键要点，但是人算不如天算。首先工人与马叔的关系是在长期工作中建立起来的，某种时间积淀下的物质决定了他们感情的倾向性，马叔离开后短短数日，有四个工人以各种借口陆续辞职追随马叔而去了。接着刘会计也以要为女儿准备出国留学事宜为由提出辞职。刘会计是母亲划出的重点对象，我不敢擅自主张，第一时间向母亲汇报。当天晚上母亲便领着我去了刘会计家。

刘会计一家正在吃晚饭，见到我们很诧异，神情中隐约着一丝戒备的意味。母亲佯装不察，进门就解释，我们逛街逛到附近，口渴了来讨碗水喝。

刘会计一边虚情假意地让座一边招呼女儿倒水。我们坐下后刘会计女儿端着一杯茶给了母亲。刘会计埋怨女儿，怎么只倒了一杯，赵厂长的呢？

母亲接过话，他一个孩子家不要管他。一把抓住刘会计女儿，妞妞都这么大了！来来，陪阿姨坐一会儿。拽着妞妞坐到了自己身边，坐下后还紧握着她的手不放。真是女大十八变，出落得这么漂亮了！抬起脸对刘会计，我们家小东比妞妞小，不然我就留下妞妞做我们家儿媳妇了！

母亲疯言疯语的全然不顾我的感受。

刘会计含笑看了我一眼，对母亲说，赵厂长年轻有为，可是做大事的，我们家妞妞和他不能比。

母亲说他有什么？也是他爸爸生病没办法才让他顶一阵，等他爸爸身体好一点还是得让他上学。现在孩子不上学不行啦！

刘会计：赵师傅病情怎么样了？你看我们最近一直为妞妞留学的事在忙，也没抽出时间去看望他……

母亲：我们两家不用那么客气的！老赵恢复得不错，现在已经能下地走点路了。妞妞今年高几了？

妞妞回答高三了。

母亲：那要准备高考了？

刘会计插话道，我们准备一毕业就送她去国外留学。

母亲：哟！那得一大笔费用吧？

刘会计：可不嘛！起码要二十万。

母亲挑起这个话题却不往下继续，转向妞妞，这闺女我是越看越喜欢。唉！我们家的闺女没一个争气的。也许是内心真的有所触动，母亲眼圈又红了，掏出手绢擦了擦眼睛。她的伤感是源于先天蒙蔽的大姐还是投湖而去的二姐或者离家私奔的三姐？否则她此刻表现只能是出于某种表演的需要？那块手绢便因此具备了道具一般的意义……

刘会计摸不清母亲的用意，不敢随便接话，房间气氛顿时冷了下来，一种让人神经高度紧张的冷场。关键时妞妞说，阿姨我给你洗点水果吧！起身要走。

母亲一把抓住她，有水就行了，你陪阿姨坐一会儿吧！对刘会计，这闺女我是真喜欢，做不了儿媳妇要不就做我干女儿吧！

母亲疯疯癫癫的我真不知道她究竟要干吗？刘会计小心翼翼地在一旁陪着话，大姐这合适吗？

母亲：我们两家觉得合适就行，笑眯眯地看着妞妞，只是不知道我有没有这个福气了？

话是朝着妞妞说的，针对的却是刘会计。在话语有效逼迫下刘会计不得不接过话茬，大姐要真喜欢那就是妞妞的福气了！眼神扫了一下妞妞，妞妞乖巧地站起身，端起茶杯恭敬地递向母亲，干妈请喝茶！

母亲喜笑颜开地接过茶杯喝了一口，一把搂住妞妞，好闺女！我的好闺女！沉吟了片刻，我们出来逛街也没带东西，这样吧！妞妞留学的费用算我们一半。说着话从身上摸出一张银行卡就往妞妞的手里塞。

刘会计没想到母亲会有这一手，赶紧上前阻止，使不得！使不得！两个人互相推让，中间还夹着一个妞妞……

最后母亲生气了，干妈也不是好当的！你不让我为闺女尽点力我心里能安生吗？

刘会计被感动了，动情地说，大姐，你们一家都是好人啊！

母亲把银行卡塞给妞妞，去了国外要好好读书，有什么需要的随时告诉干妈。

妞妞都快被感动得不行了，泪眼蒙眬地朝母亲一鞠躬，谢谢干妈！

回去的路上我朝母亲抱怨，从来没见过你这么大方，那么大一笔钱干吗要白送给别人？

母亲叹了一口气，悠悠说了一句，有厂才有我们一家活路，钱难道比活路还重要？

我说我不懂。

母亲：你要学得东西太多了，快点长大吧！

刘会计再没提过辞职的事。她留了下来。在此后的时间中她始终是我也是我们家以及这个厂的忠实维护者。我们家在这一轮与命

吹口哨的发动机

运的对抗中几乎输掉了全部，却取得过一次阶段性的战役胜利。这一次胜利就是对刘会计的成功挽留。刘会计在成为我们家支持力量的同时，也成为敌对方的一股重要的钳制力量。当然那是后话，容我稍后再叙。需要再补充一句，这一胜利归功于母亲的英明决断。

马叔带走了一半的工人，但是在母亲的亲力斡旋和努力之下我们最终留下了刘会计。母亲提出的第一项措施基本维持一个不胜不败的局面。但是在完成母亲第二条措施的过程中我们却闹出了一个大笑话。

母亲布置的第二项措施是参照马叔的标准招聘一名技术工人，条件是不惜代价。本来我以为有这么宽松的条件招一名技术好点的工人应该不是什么难事，毕竟中国有十三亿人口，所谓的林子大了什么鸟没有？我在报纸和广播都发了招聘启事。消息发出后来应聘的人很多，大部分是外来打工的年轻人，基本上都没有从事汽车修理职业的经历，偶尔有个别有过从业经历者技术水平却很有限，根本无法与马叔相提并论。

有一天来了一个四十多岁的中年人。穿着一件油腻腻工作服，腰间扎着一条皮制工具袋，里面插满了电工钳、改锥以及各种常用扳手。人还没近前，我已经闻到了他身上的汽油、机油和黄油等混杂的气息，那是一个资深修理工特有的气息。我从小在修理厂混，对于修理厂特有的气味有一种特殊的记忆，所以能清晰地辨认得出。

来人自我介绍姓金，是河南人。从事汽车修理二十多年，各种类型的汽车都能修。

我问了几个问题，他的回答中规中矩，给我的感觉他对汽车修理这个行当也的确熟悉，起码不是外行。我问他对薪金的要求，他开口就要五千。这个要价严重超出了我预定的工资标准，要知道以前马叔的工资是所有工人中最高的，也不过三千五。我有点犹豫，岔开话题问他怎么是这种打扮，我说据我所知一般工人干活时才穿工作服。

老金说他本来要去上海打工的，走到 K 城时没钱了，就在 K 城逗留下来，平时在街边举个牌子揽点修车的活，今天刚在国道上修了一辆车，听说这里招聘人，修完车就直接过来了，工作服也没来得及换。

他这一说彻底打消了我的疑虑。我说那你就留下来吧！试用期三个月，试用期间每个月工资二千五，试用欺满工资上调到每个月四千，奖金另算。

老金就这样成了我的新雇员。我相信他的出现完全可以填补马叔离去后留下的空白。之所以对他有此信任，是因为他身上特有的"气味"，那是一种只有（技术）好工人才有的气味。接下去老金的表现也的确符合我的预期。每天挎着工具袋在厂区来回转悠。这几天没什么车子来修，闲下来时老金便组织剩下的三四个小青工打扫卫生。他说有一个良好的工作环境可以增加工作的效率，连着三天领着工人整理车间，归类垃圾、清扫场地、连窗户玻璃都擦得亮堂堂的，三五天下来整个厂区变得清清爽爽。这个厂从开业至今，从没有过的这般干净和规整。

不用说，短短几天的工夫老金便赢得众人的认可，那些青工对

吹口哨的发动机

他恭恭敬敬，每天一上班便有人主动给老金把茶泡好，连刘会计私下都跟我说，这个金师傅不错！

但是接下去的一件事彻底暴露了老金的本来面目。

那天有一辆卡车在经过 K 城境内的途中抛锚，被拖到我们厂里来修理。就症状推测估计可能是发动机的某个气缸坏了，我把任务交给了老金。老金领着两个小工人从上午接手的这活儿，一直到下午了还没什么进展，甚至连发动机都没能完全打开。我过去查看了两次，两次之后我中止了老金的瞎忙活，换了两个工人上去。两个小时后问题解决。

下班后我把老金留了下来，我对他说你跟我说句实话吧！你到底干没干过修车的活？

老金脸上白一阵红一阵，半天才说了一句，厂长我对不起你！

这一句对不起无疑承认了我所有的推测，可我依然不愿相信，追问道，你是说不是干这行的？

老金：我其实是个演员……

我的脑袋顿时嗡的一声，你说什么？再说一遍！

老金于是又重复了一遍，然后絮絮叨叨地向我诉苦，说他从小就想做一个演员，长大后为追逐梦想在现实中吃尽辛苦，但是梦想却被自己越追越远了。迄今为止他只在一个低成本的电视剧里演过一个汽车修理工的角色，更要命的在于，他对修车这一行的一些了解完全是在饰演那个角色的过程中了解到的，甚至连身上的那套工作服、包括那个皮质的工具袋也是那部剧中的道具……他动情地诉说着，讲到深情处一把鼻涕一把眼泪的，而我则恨不得扇自己两个

199

大耳刮子……

　　晚上回到家吃过饭后，趁母亲在厨房洗碗时我把老金的事悄悄跟她说了一下。母亲听了我的话半天没吭声，在水龙头下机械地洗着一只碗，洗了很久很久，我们俩都没说话，只有哗哗哗的流水声。最后母亲放下碗关上水龙头，问我，你准备怎么处理？

　　我说我准备辞了他，明天一上班就把这几天的工资结了让他滚蛋。

　　母亲摇头，留下他，工资不变。

　　我啊了一声，为什么？

　　他不是演员吗？就让他继续演好这个角色吧！

　　可这样对我们有什么好处？他一点修车技术都没有！

　　母亲：你懂个屁！

　　老金最终还是留了下来。对于母亲的这一安排我一直以为是为了厂里的形象需要，尤其在马叔离开之后，我们的确需要一个技术高的工人来为这个厂撑一撑面子的，哪怕他仅仅是表演。可母亲真实的意图却是为了父亲。母亲比任何人都知道这个厂对父亲意味着什么。母亲的用心良苦，而我却是到了后来才明白的这一点。

　　无论怎么说老金算是保住了他在厂里的位置。那一阵子可能是我最为荒唐的日子了，每天一早西装革履夹着一只公文包出门谎称去上班，去履行一个厂长的责任，而那个所谓的工厂早已经名存实亡。厂里后来又陆续流失了几个工人，最后整个厂只剩下三个人，我、刘会计和老金，即便如此我每天还得去上班。当然后来工作的性质也变了，我每天的任务就是陪一个三流演员演戏，老金是主

吹口哨的发动机

角,我是配角;老金演一个技术高超的汽车修理工,我饰演一个年轻有为的厂长,17 岁的厂长。我们每天演戏,演给一个不在场的观众看,他就是我那瘫痪在床的父亲。这位观众需要我每天正常地上班下班,晚上回来后再把一天的经历当着他的面吐出来。问题在于我每天的经历与他对我的期望严重不符,为敷衍他我只能根据需要杜撰一些见闻给他:……马叔和刘会计又吵架了,今天发工资王根宝觉得少了两块钱找我理论,被我狠狠骂了一顿……每听到这些破事父亲就咧开嘴傻笑,很开心似的。这一阵让我痛苦的不是每天装模作样地上班下班,也不是要与那个三流演员一起待足八个小时,而是每天都要凭空捏造和杜撰一些见闻以此蒙蔽父亲。有一两次胡扯得太过还差点被识破。那次我也是心血来潮,回来后对父亲说,今天 K 市广播电台来我们厂采访,足足采访了两个多小时。父亲对这事特别感兴趣,一晚上都盯着我追问一些细节,都问了哪些内容?我是怎么回答的?等等。第二天就让母亲出去买了一个小收音机,一天 24 小时都开着收音机,睡着了也不关。一个多星期下来始终没听到,他就急了,有一天非要妈妈推他到电台去兴师问罪。妈妈吓坏了,一个电话打给我,我回到家后重新编了一套说辞,电台没播采访是想跟我们要点广告费。

父亲还傻了吧唧地说,要钱就给他们好了。

我说你说得轻巧,他们一开口就十万……

父亲这才哑然。

好在这一段时间延续得并不久,我的演员生涯很快在一个清晨结束了。

那天我刚到厂里刘会计也到了，她告诉我马叔的那个修理厂要开张了。向我表白道，他那个厂的营业手续并没有办完整，本来有两个部门是马叔托她帮忙跑的，但是她没有帮忙，所以有两个部门的公章没盖上，虽然手续不全，但是广东人急着要先开张，他们或许是想造成一种既成事实，以此向那两个部门施压……

刘会计是想表明马叔那个修理厂开张与她没有一点关系，她没有帮马叔任何的忙。我没有理她话茬，问马启礼的厂哪天开张？

刘会计：就是今天……

我点点头什么也没说就进了办公室。刚进办公室陈姐的电话也来了，她告诉我马叔今天中午在她的酒店订了五桌酒席……

接了电话我一屁股坐到办公桌前的椅子上，口干舌燥的想倒杯水喝，可人在椅子上却懒得动弹，我整个人像一摊烂泥瘫在椅子上，四周那么静……也不知过了多久我给刘会计打了一个电话，问她老金来了没有？

刘会计说来了，正在打扫卫生。

我又问你身边还有多少现金？

刘会计：有两万块钱。问厂长你需要多少？

我说我不需要。你这样，你马上给你和老金再发一个月的工资吧！

刘会计：为什么？上个星期不刚发过吗？

我说你别问为什么只管发。发完工资你们就先回去，放你们几天假，等通知再来上班……

吹口哨的发动机

刘会计：厂长你怎么了？

我说我没事，照我说的做吧。

十多分钟后刘会计和老金走了。他们前脚刚走我也离开了。

我走上街头，内心中荡漾着一股愤然之气，我不知它来自哪里，可我知道它让我难受，让我想随便抱着路边的某一棵大树痛快地哭上一场。

上午十点左右，街上人不多，很安静。路边上一个三四岁的孩子使劲地玩着一只花皮球。孩子总想把皮球扔远，每一次却只扔到自己的脚尖前一点，孩子扔一次捡一次，捡一次再扔一次，气得小脸通红……一家小店门口，一个扎着围裙的磨刀老人坐在一条长凳子上态度认真地磨着一把菜刀……我口渴了，走到小店的柜台前问，有喝的吗？

柜台后面坐着一个三十多岁的男人，他笑眯眯地回答，你想要什么？

我说有水的就行。

老板：那多了，矿泉水、啤酒、饮料，醋和酱油里面也有水，你要哪种？

我也许是这家小店开门后来的第一个顾客，老板可能憋坏了，逮着我贫个没完。我却没心思理他，对他说给我一瓶矿泉水吧！话到嘴边却不由自主地拐了个弯儿，说出来的却是，给我一箱啤酒。

老板傻了，啤酒？一箱？

是。

带走？

就在这儿喝。

老板狐疑地打量了我两眼，似乎在琢磨我是不是来寻衅滋事的，你是哪个学校的？怎么没去上课？他旁敲侧击地问。

我说你卖不卖？不卖我就去别的地儿！

老板：卖卖。一猫腰从柜台下面搬上一箱啤酒。60块。

我扔给他一张一百的钞票，给我全部打开。

老板一手拿着钱一手拿着开瓶扳，要不先开两瓶，等你喝完再开成不？

我坚决地，全开。

老板不再啰唆，埋头将瓶盖砰砰砰地全开了……我抓起一瓶酒一仰头咕嘟一口气灌进了肚子里。一瓶酒下肚后人舒服了一点，浅显地将第二瓶喝了一点后我走到磨刀师傅旁边看了一会儿，问，大爷磨一把刀多少钱？

磨刀人：菜刀3块。

我盯着他手中的刀，这么磨刀能快？

磨刀人：那不是吹！再钝的刀让我磨两下也快得不行，切菜剁肉就跟吹口气一样轻巧。

我嬉皮笑脸地问，那砍人呢？

磨刀人一惊，抬头打量了我一眼，见我嬉皮笑脸地似乎放下心来，戏谑地说，我磨过的刀，砍个人还不跟切个瓜似的。

我问一把这样的菜刀要多少钱？

磨刀人：20来块吧！

我说好，这把刀我买了。

吹口哨的发动机

　　磨刀人说那不行,这是二楼那户人家让我磨的,卖给你我没法跟人交代。

　　我没理他,你能卖我就给你200。你看着办!

　　磨刀人根本不信,小兄弟你就别逗我老头子了!

　　我也不打话,掏出两张百元大钞握在手上看着他。磨刀人立即停下了,艰难地、一寸一寸地从凳子上站了起来,迅速执起围裙一角将菜刀擦拭了一下,掉转刀头将菜刀递给了我。我一手接过刀一手将钱塞到他手上,然后用大拇指试了试刀锋,的确锋利。我解开上衣的纽扣将刀揣进怀里,再扣好衣服,返身走到小店柜台前,拎着搁在柜台上的大半瓶剩酒就走。身后的老板大声叫叫道,还有10瓶呢!

　　我吭都没吭一声埋头走了。走两步仰头喝一大口酒,走两步再喝一口,没走出多远,大半瓶酒就见底了,我随手扔掉空酒瓶。我头晕了,走在路上两腿直打晃,我干脆坐在路牙上掏出手机给图兰打了一个电话。电话响了两声话筒里传出图兰的声音。什么事?

　　我嘻嘻笑着,没……没事就不能打电话……了吗?

　　图兰:咦!你说话怎么这个味?

　　我说我就……这么说话……那个……的。

　　图兰:不对,你喝酒了!一定喝酒了!

　　我说你妈的你太……牛了!你能听出我喝……喝的什么酒不?

　　图兰:不对啊!这才11点多,没这么个时间喝酒的。你跟谁喝的?

　　我说我跟自己……喝的。

你没上班？

我说你别跟我说……这个，我有事要跟……你说。

图兰：什么事？

我说以后你帮我那个……多照顾我爸妈，另外不许再欺负我姐，不然我……砍死你！

图兰：你说什么屁话！你能不能喝酒？不能喝就少喝点！告诉我你这会儿在哪？

我说你记住……我的话了吗？

图兰：你在哪？快说！

我果断地掐了电话，随手把手机扔进了身边的垃圾箱，从怀里抽出菜刀捧在手上看了一会儿，拎在手上朝着明月江鲜大酒楼跟跄而去。

起步时我还清晰地记得路的，走着走着却迷路了，那天我拎着一把菜刀在城里绕了两个来回，愣是没找到我要去的地方。最后被打着一辆的士满城乱转四处找我的图兰堵在了电影院门口。见到图兰那一刻我抱着他哇哇大哭，我说我们家的厂完了，那个姓马的家伙把我们家的厂偷走了，他今天在江鲜大酒楼摆了五桌，我要去砍了他……

那天我抱着图兰哭了很久，过程中图兰几次试图把我的刀夺下都未能成功，最后他用了一个擒拿动作才夺下我手中的刀。当时我基本上已经不省人事了，图兰把我塞进出租车，给了司机100块钱和一个地址把我们打发了……司机按照地址一直把我送到家，还是司机把我扛到房间扔在了床上，我一直睡到第二天中午，足足睡了

24小时。等我醒过来,整个世界都变了——

据那天在场的人叙述,当天中午马叔领着一帮人刚到达酒店门口,图兰持着菜刀一阵风似的冲上来,照着马叔的脑袋就是一刀。马叔下意识伸出胳膊一挡,一刀狠狠地砍在他右手的虎口部位,接着又连续挨了两刀,一刀胳膊,一刀大腿,在图兰挥出第四刀时被周围的人一拥而上死死摁住了……

最后图兰是被闻讯而来的警察带走的。因为大庭广众之下持刀行凶致人伤残,性质恶劣,图兰第一时间被判了12年有期徒刑,一经宣判即被押送大西北某监狱服刑去了。而马叔在遭受袭击时右手的大拇指肌腱被砍断,失去了正常的功能,没法再从事汽车修理工作,几乎成了一个废人。那家以他为首的汽车修理厂由此而告终结——尚未正式开张便关闭了。

本来这个局面对我们家而言是重大利好,但是事实上却非如此。因为图兰当街砍人的动静闹得太大,卧病在床的父亲很快就知晓了事情的来龙去脉,当得知我们家的厂子在数月前便已停工并接近于荒废时,老人家气急之下再次引发脑溢血,送到医院不到24小时便撒手人寰。直到这时我才明白母亲当时为什么要将厂里的所有事情都瞒着父亲了,从修理厂的经营持续下滑,到马叔的背叛,以及老金的乌龙事件等等,为了瞒住父亲,母亲甚至不惜代价白发老金的工资也要制造出(修理厂)一派欣欣向荣的繁华景象……只是人算不如天算,最终纸也没能包住火。

父亲去世一个月之后,我们家的修理厂也彻底关停了。我的厂长生涯就此宣告终止。家里本打算让我回学校继续读书的,被我拒绝了。这一段时间的经历给我留下了太多的伤痛，不仅失去了父亲和家里的工厂，还搭上了图兰。尤其是图兰，直到失去我才知道他在我心中的分量。他就像一个我亲生的朋友，世界对他任何一点伤害都会让我倍感疼痛。……那天我揣着一把菜刀寻仇，这事本来与图兰毫无关系，尽管他与我三姐在一起，但是两个人并没有结婚，甚至我们家都不认可他们的关系。就实际身份而言，他充其量只能算是我的朋友。就是这个朋友，在我和风险即将撞上之时，冒着被枪毙和坐大牢的代价毅然挺身而出从而保护了我。现在结果已出，他为此要付出12年的牢狱之灾，12年啊！这本该由我承担的惩罚，却被他揽在了自己身上，一想到这我的心就像瞎了一样疼。接下去的12年中，K城人群中不会有他的身影，那么我如何能心安理得地在K城继续待下去呢？所以家里提出让我回学校上学我一口便拒绝了。

我后来去了南方，那一年我17岁，因为年龄太小根本找不到工作，身上带的钱很快用完了，最窘迫的时候一天只能吃两个馒头。就在即将弹尽粮绝之时，我幸运地在一家汽车修理厂找到了一份工作；从上一个修理厂出来时我还是厂长，再进一家修理厂时我已经成了一名普通的工人。命运有时真的让人很无语。虽然没有真正干过修理工的活，毕竟对这一行的作业流程还是很熟悉，所以上手比较快，许多在别的人要经过很久才能熟悉并掌握的技术，我基本上一看便会。带我的师傅姓黄，是本地人，他对我的学习能力很惊讶。他说他干了一辈子的修理工了，从没发现有像我这样有天分的，说你天生就是干这行的料！他如果知道我还干过一任修理厂的

吹口哨的发动机

厂长不知有何感想了。尽管工作上比较顺利，师傅对我也很好，但是从内心里我并不喜欢修理工的工作，整天油腻腻脏兮兮灰头土脸的。那时我常想，我是不会一辈子干这个的！未曾料到我一干就是二十多年，看样子它就是我一生的工作……

我是在 26 岁时结婚的，老婆是我师傅的女儿。转年有了一个女儿。我后来的工作稳定生活安逸，可我内心里始终牵挂着一个人——图兰。

这么些年我一直与图兰保持着通信联系。他喜欢我给他写信。我们在信里什么陈芝麻烂谷子的事都说。我们俩还约好了，等他出狱那天我要去大西北接他，然后陪他走遍祖国大地去寻找他的家乡……每次一说到这个话题他就特别亢奋，洋洋洒洒地一写就是好几页信纸。即使身陷监狱里也没能阻止图兰对（存在于某处、可能的）故乡的思念和寻找。有一阵他的同监室关进来一个风水大师，这位大师利用帮人看风水预测祸福诈骗了很大一笔钱，受害者中有著名影星、歌坛大腕以及一些著名企业和企业家。这事被多家媒体披露过，连电视台都报道过，但是图兰却对他深信不疑。他请风水大师帮忙测一测他的故乡。风水大师开口就要钱。图兰便来信让我给风水大师的一个亲戚的账户打五千块钱，说这是劳务费，不然风水大师不给他看。我理都没理。图兰火了，来了一封信把我狗血淋头地骂了一顿，骂我垃圾、混蛋、留着钱买药吃等等。反正无论他怎么骂我就是不打钱。不久之后他再次来信说，尽管我没有打钱过去，风水大师出于人道主义精神（图兰原话）还是帮他测了一下。现在可以确定自己家就在河南信阳的一个叫许村的小山村，自己家姓王。图兰在信中苦苦哀求我代他跑一趟。我明知这纯粹是胡扯，可架不住图兰的哀求，舟车劳顿地跑了一趟；许村倒的确有一个，村子里五六十户人家却没一户姓王的，百分之九十以上的人家都姓许，其他有姓张、宋、杨等不多的几户人家，就是没姓王的……

大概在入狱五年之后，图兰遭受一次毫无预兆的感情重创。此事源于我三姐。

三姐在学校时就迷上了图兰，后来为了图兰不惜抛弃家庭。当时这一轰动的爱情至今仍然被视为K城的传奇。两个人的感情一直很融洽，尤其在图兰出了那件事之后，三姐对他更是死心塌地，信誓旦旦地表示无论多少年她都会一直等他。可是仅仅五年之后那一份真挚的感情就变了。三姐在一次与朋友聚会时认识了一个做中药材生意的中年人，两个人一下就对上了眼，一个月后就宣布要结婚。我得知消息赶回K城想阻止三姐。那天我刚说了两句图兰，三姐眼泪就下来了，她自始至终一句话不说，只一个劲地哭，整整一个晚上一直在哭，最后哭得全身抽搐悲恸万分，哭声不像发自嗓子而是从肺里硬挤出来的，听得人全身发冷头皮发麻，忍不住想随着她一起痛哭一场……

三姐对图兰的深情终究没能熬过时间的摧残，它生锈了，腐烂了，而且是从内心深处开始腐蚀的，即便再在外面涂上美丽的油漆也改变不了它继续腐朽下去的决心和本质。

三姐的移情别恋对图兰的打击几乎是毁灭性的。得知消息的当天，他就吞了一根勺子企图自杀，被送进监狱医院抢救过来后就此一蹶不振。以前他隔不了三五天就要给我写一封信，那段时间却一

吹口哨的发动机

个字没再来过。半年后我们才逐渐地恢复通信……

入狱第九年图兰因为表现较好被减刑提前释放。接到消息我特别高兴，问他哪天出狱？我要去接他。还告诉他如果他能适应南方的生活可以来我这里，我已经在家里为他腾出了一个小房间。如果他想回 K 城，我就把在南方的房子卖了跟他一起回 K 城……一个星期之后他回了一封信，告诉我他的刑期已满，但是决定留在监狱的工厂里工作了，不准备去别的地方了。他说自己已经适应了当地的生活，他愿意在这里生活下去……

接信的当天我就揣着他的地址上了火车。我等了他九年，好不容易等来了这一天，我不能把他扔在大沙漠里任他自生自灭，我尤其不能认可和忍受这九年时间的虚度和虚妄。

这是我有生以来最为漫长一段旅途，光是火车就坐了两天两夜，然后又转了三次的长途汽车。一开始车窗外的景色秀美，满目尽皆绿色的田野，清澈的湖泊。随着路程的不住延伸，景色在时间中逐渐下沉，广袤的平原，破败的村庄前我衰老的乡亲。接下去时间进入天高云淡的西部，高原上的天空比蓝色更蓝，白云贴着车窗上方缓缓飘动，时间在那一刻比人生更慢……到第五天即将抵达目的地时我突然不想往前走了。我当时坐在一辆破败不堪的长途汽车上恰巧经过新一天的清晨，我的睡眠在一夜颠簸的车程中断断续续，其间夜梦不断，每一截的梦似乎都与图兰有关，醒来后却踪迹全无，心中的惶恐由此而生。我一遍又一遍地问自己，我这是在干吗？我想干吗？是啊，沿着这条路我的确可以在终点见到图兰，甚至可以把他带走，我也能在南方给他一个房间，或者给他一个家，可我却无法给他一个故乡。我还想到，我们承载时间的每一个人其实就是自然界里的一棵树，一棵树在哪里生长哪里就是家园，在哪里扎根哪里就是故乡。而我大老远跑来只为了将其中一棵树连根拔出……

这一趟行程我最终没坚持到终点。我在中途一个小站下了车，马不停蹄地一路逃了回去……